共和国故事

水电丰碑

——二滩水电站建设工程胜利竣工

张学亮　编写

吉林出版集团股份有限公司

图书在版编目（CIP）数据

水电丰碑：二滩水电站建设工程胜利竣工/张学亮编. —

长春：吉林出版集团股份有限公司，2009.12

（共和国故事）

ISBN 978-7-5463-1914-8

Ⅰ．①水… Ⅱ．①张… Ⅲ．①纪实文学－中国－当代 Ⅳ．①I25

中国版本图书馆 CIP 数据核字（2009）第 237726 号

水电丰碑——二滩水电站建设工程胜利竣工

SHUIDIAN FENGBEI　ERTAN SHUIDIANZHAN JIANSHE GONGCHENG SHENGLI JUNGONG

编写　张学亮

责任编辑　祖航　林丽

出版发行　吉林出版集团股份有限公司

印刷　三河市嵩川印刷有限公司

版次　2010 年 1 月第 1 版　　　　　2022 年 1 月第 8 次印刷

开本　710mm×1000mm　1/16　　　印张　8　字数　69 千

书号　ISBN 978-7-5463-1914-8　　　定价　29.80 元

社址　吉林省长春市福祉大路 5788 号

电话　0431－81629968

电子邮箱　tuzi8818@126.com

版权所有　翻印必究

如有印装质量问题，请寄本社退换

前　言

自 1949 年 10 月 1 日中华人民共和国成立至今,新中国已走过了 60 年的风雨历程。历史是一面镜子,我们可以从多视角、多侧面对其进行解读。然而有一点是可以肯定的,那就是,半个多世纪以来,在中国共产党的领导下,中国的政治、经济、军事、外交、文化、教育、科技、社会、民生等领域,都发生了深刻的变化,中国人民站起来了,中华民族已屹立于世界民族之林。

60 年是短暂的,但这 60 年带给中国的却是极不平凡的。60 年的神州大地经历了沧桑巨变。从开国大典到 60 年国庆盛典,从经济战线上的三大战役到经济总量居世界第三位,从对农业、手工业、资本主义工商业的三大改造到社会主义市场经济体制的基本确立,从宜将剩勇追穷寇到建立了强大的国防军,从废除一切不平等条约到独立自主的和平外交政策,从"双百"方针到体制改革后的文化事业欣欣向荣,从扫除文盲到实施科教兴国战略建设新型国家,从翻身解放到实现小康社会,凡此种种,中国人民在每个领域无不留下发展的足迹,写就不朽的诗篇。

60 年的时间在历史的长河中可谓沧海一粟。其间究竟发生了些什么,怎样发生的,过程怎样,结果如何,却非人人都清楚知道的。对此,亲身经历者或可鲜活如昨,但对后来者来说却可能只是一个概念，对某段历史的记忆影像或不存在，或是模糊的。基于此，为了让年轻人，特别是青少年永远铭记共和国这段不朽的历史，我们推出了这套《共和国故事》。

《共和国故事》虽为故事，但却与戏说无关，我们不过是想借助通俗、富于感染力的文字记录这段历史。在丛书的谋篇布局上，我们尽量选取各个时代具有代表性或深具普遍意义的若干事件加以叙述，使其能反映共和国发展的全景和脉络。为了使题目的设置不至于因大而空，我们着眼于每一重大历史事件的缘起、过程、结局、时间、地点、人物等，抓住点滴和些许小事，力求通透。

历史是复杂的，事态的发展因素也是多方面的。由于叙述者的视角、文化构成不同，对事件的认知或有不足，但这不会影响我们对整个历史事件的判断和思考，至于它能否清晰地表达出我们编辑这套书的本意，那只能交给读者去评判了。

这套丛书可谓是一部书写红色记忆的读物，它对于了解共和国的历史、中国共产党的英明领导和中国人民的伟大实践都是不可或缺的。同时，这套丛书又是一套普及性读物，既针对重点阅读人群，也适宜在全民中推广。相信它必将在我国开展的全民阅读活动中发挥大的作用，成为装备中小学图书馆、农家书屋、社区书屋、机关及企事业单位职工图书室、连队图书室等的重点选择对象。

编　者
2010 年 1 月

目 录

一、 决策与招标

● 邓小平说："要搞现代化，没有大的骨干项目办不到，没有骨干工程，小项目再多也顶不了事。"

● 李鹏建议："从战略上考虑，应把二滩工程列为全国能源建设的重点，并把二滩工程列入'六五'计划。"

● 孙中弼说："为了保护人类唯一的地球，中国迫切需要改变能源结构，建立一个二滩……"

邓小平批示建设二滩水电站

　　1982 年 9 月 18 日，邓小平陪同朝鲜劳动党中央委员会总书记金日成访问四川。在途中，邓小平与金日成进行了友好的谈话。

　　在谈到中国经济发展的战略重点时，邓小平指出：

　　　　战略重点，一是农业，二是能源和交通，三是教育和科学。搞好教育和科学工作，这是关键。

　　9 月 22 日，邓小平从成都返回北京途中，听取中共中央书记处候补书记、纺织工业部部长郝建秀，中共中央委员、水利电力部副部长李鹏等有关方面负责人汇报关于建设二滩水电站问题。其间，邓小平指出：

　　　　建设二滩水电站，已经讲了很久了，我赞成。不只二滩水电站，还有一批项目要上。要搞现代化，没有大的骨干项目办不到，没有骨干工程，小项目再多也顶不了事。这些项目，包括鞍钢的改造，都需要很长的建设周期，应该早一点动手。不要徘徊，一徘徊，一年两年就过去了。

邓小平对攀西开发一直非常关心，早在 1965 年 11 月，他就实地审定了攀枝花建设方案，作出"这里得天独厚"的评价。

当时，有关方面负责人向邓小平建议说："二滩位于攀枝花市附近雅砻江下游，水利资源非常丰富，但开发利用差，若建成装机容量 330 万千瓦的水电站，可缓解四川电力供应紧张的局面。"

邓小平听了建设二滩水电站的汇报表示赞成，后来还专门作了批示。

新中国成立以来，对西部落后地区的开发，始终是一个关系全局的经济战略问题，从毛泽东、邓小平到江泽民的三代中央领导集体，对此都给予了高度的重视。先后掀起了三次开发建设西部的高潮：第一次是 20 世纪 50 年代以"一五"计划为中心的大规模西部新工业基地建设；第二次是 1964 年至 1978 年以战备为中心在西部后方进行的三线建设；第三次是 1999 年开始的西部大开发战略。

二滩水电站位于雅砻江畔，水能资源十分丰富，以大渡河、金沙江、雅砻江为主干的大小河流有 300 多条，水资源居世界之冠。

雅砻江发源于青海巴颜喀拉山南麓，流经攀西大裂谷境内的干流全长 1368 千米，天然落差 3180 米，河口段平均流量和多年平均径流量大大超过黄河。

据专家测算，雅砻江水电蕴藏量巨大，可开发装机容量 2400 万千瓦，沿江可规划开发 21 级电站。

但多年来，滔滔江水不舍昼夜地奔腾，没有得到开发和利用。因此当地人说："一江春水向东流，流的都是煤和油。"

1983 年 6 月 30 日，邓小平在中央工作会议上专门指出：

> 不搞重点建设没有希望。能源、交通等重点项目，都是十年八年才见效的。比如三峡工程、长江上游的二滩工程，应该搞哪个，不要再犹豫了。

1985 年，水电部和四川省政府联合向国务院报告，极力说明尽早建设二滩水电站的重要性。1986 年，二滩水电站工程初步设计出台，并荣获国家设计一等奖。

1987 年，国家计委同意兴建二滩水电站，并列入国家"八五"计划。为了缓解国内资金的不足，还决定利用世界银行贷款。

完成二滩电站前期准备工作

1982年9月19日，时任水电部副部长的李鹏陪同胡耀邦总书记视察二滩后，立即撰写了《二滩水电站是解决四川能源的关键一着棋》的报告。李鹏在报告中建议中央：

一、从战略上考虑，应把二滩工程列为全国能源建设的重点，并把二滩工程列入"六五"计划。

二、本着自力更生、争取国际合作的方针，可以聘请部分国外技术顾问解决某些关键技术疑难问题，也可以利用一些外资，如中美水电合作贷款或世界银行贷款。为了争取时间，建议早立项、早开工。

任何国家都明白，电力在技术进步和经济发展中起着极其重要的作用，没有电，就没有高度发达的现代社会。

中国缺电的局面已经持续了数十年，而且日益严重，成为制约国民经济发展的"瓶颈"。由于水力资源是清洁的、可以再生的能源，开发水电可以集一次能源与二次能源于一举，合开发能源与节约能源于一体。虽然投资大、建设周期长，但发电成本低，综合效益好，有利于环境保护。因此，发达国家都极其重视水电开发，开发程度一般都在50%以上。

中国人是第一个发现并利用了煤、石油和天然气等能源的民族，而水能资源储量居世界第一，我国却并没有重视大自然如此慷慨的馈赠。由于资金匮乏和水电建设体制本身的各种问题，水电开发不但没有蓬勃发展，反而在"七五""八五"期间连续滑坡。

生活在穷困之中的西南人民，世世代代都有许许多多美丽的梦想，而梦想之一，便是渴望那从家门前、从胸膛上流过的冰冷彻骨的雪水，化为汩汩的温泉，带来热，带来力量，带来光明。

号称"河流王国"的四川，被专家们称为"世界水能大宝库"。全国规划的12个水电基地中，四川便有4个，其装机容量占全国一半以上。但是，四川却是全国缺电最严重的地方。

当时，"能源危机"更为严峻。企业不但"停三供四"，甚至"停五供二"，连省会成都街头的商店、电影院、理发店门前，也不得不自己摆个小小的发电机，以便随时准备应急。由于能源不足，近一半的生产力被长期闲置，每天少创产值1亿元以上！

"五五"后期，贵州、甘肃陆续给四川送电，短时期的相对富裕形成了四川"窝电"的假象，以致整个"六五"期间，四川竟基本没有投入新的项目。

随着甘肃、贵州本省经济发展，先后停止向四川供电，四川的"能源危机"更为严峻。

农村在春灌的紧张时刻也常常遇到停电，缺电还带来化肥、农药、水、油的全面匮乏。

小学生们给西南电力设计院打来电话："我们要光明，不要黑暗！"

人民代表们提出："四川水力蕴藏量全国第一，为什么要端着金饭碗讨口？"

从重庆到成都，从江油到渡口，到处是一片要电的呼声。

四川省委、省政府责成新上任的副省长马麟尽快解决缺电问题。

金沙江、大渡河、雅砻江发出雷鸣般的轰响，呼喊着、震撼着人们，但是人们却仿佛迟迟没有听懂那带着焦急、带着希望的声音。滚滚江流，带走了光和能，带走了亿万财富，带走了无价之宝。

中国的水电工作者日夜梦想着建立一个自己的巨型水电站。

川西金沙江、雅砻江、大渡河组成的"三江流域"，是中国最大的水电能源基地。在金沙江和雅砻江的交汇处，是地质学上赫赫有名的攀西大裂谷。

据专家预测，攀西大裂谷的资源之富饶，可以超过久负盛名的东非大裂谷和欧洲莱茵裂谷带，不仅水能资源丰富，而且已发现 159 种矿产。

攀西历史上曾有过"南方丝绸之路"的辉煌，传说是金凤凰居住过的地方。

首先发现大自然赐给中国这稀世珍宝的，是电力工业部成都勘测设计院的勘测者们。历史将永远记住这些在荒山深谷中用燃烧着的生命发现光和热的人们。

成都勘察院 1958 年至 1961 年连续 4 年对雅砻江进行了勘察，国务院长江规划办、中国科学院南水北调考察队、上海水利水电勘测设计院等单位也进行了许多工作。对二滩大规模进行勘测和真正确定坝址，却经历了两代人。

马麟经过实地调查，冥思苦想，并和省计经委、省电力局多次研究，终于形成了新的思路：多家办电，大中小并举。

省委、省政府立即统一了思想，"七五""八五"期间，一定要认真抓好几个骨干项目。

于是，二滩便以特殊的重要地位出现在人们面前，成为四川省走向 21 世纪的命脉工程。

1985 年 3 月，水电部和四川省人民政府联合上报国家计委，要求部、省合资兴建二滩电站。

同月，国家计委及中国科学院立即在北京举行了二滩水电站可行性报告若干问题论证会。中科院以张光斗教授为首的 7 位学部委员和十几位技术权威参加了这次论证会。

同年 4 月，水电部受国家计委委托，又在攀枝花市召开了二滩水电站可行性研究报告论证会。两个论证会都充分肯定了成都勘察院的可行性报告。

1985 年 8 月，成都勘察院完成了二滩水电站的初步设计。

1986 年，四川省又两次上报国家计委，准备在"七五"期间自筹资金 4 亿元，用于二滩电站的前期建设。

马麟向省委、省政府汇报时说：

> 电站的前期工作一般要三年才能完成。在这段时间内，中央的资金进不来，四川财政又十分困难……

省委书记杨汝岱看过报告之后，他皱起了眉头问马麟："你是什么意见？"

马麟胸有成竹地说："我想，只能千方百计克服困难自己创造条件！"

杨汝岱不无忧虑地追问："说具体一点吧，到底钱从哪儿来？"

马麟说："钱，不向财政要，我来想办法。我的设想主要是出台一点政策，希望省委、省政府支持。"接着，马麟仔仔细细地说出了具体的设想，包括每度电提高一分电费投入二滩建设等。

听着听着，杨汝岱紧皱着的眉头展开了，他高兴地点着头道："那就不要等了，你就想办法吧。'三通一平'要多少钱？"

马麟说："要几个亿吧……"

杨汝岱马上表示："好，就这么办，要政策好办，我支持！"

1987年，攀枝花市成立"支援二滩建设领导小组"，下设办公室，由当时主管基建的副市长秦万祥挂帅，随时搬开阻碍工程的拦路虎。

秦万祥清楚地明白自己所担负的责任，他充满激情地说："作为主管基建工作的副市长，对二滩我有不可推卸的责任，包括个人责任、领导责任和历史责任。二滩坐落在攀枝花，是大自然对我们的偏爱，我能参与这一工作，是人生的幸运。面对稍纵即逝的机遇，我们必须敢冒个人风险，努力打开局面。"

秦万祥和市领导们一起，经常深入工地现场，曾召开过6次县、区、乡、施工企业参加的大型现场办公会，解决了一个又一个难题。县长、县委书记们都亲自来到农民家里，动员并帮助搬迁。

三年多，四川省在资金十分困难的情况下，单独投入4亿多元资金，确保了二滩电站准备工作的完成。

成立二滩水电站开发公司

1987 年 7 月，国家计委正式将二滩水电站列入国家计划。这年年底，正在东海之滨青岛出差的中国水电五局局长孙中弼突然接到了紧急通知，让他即刻赶到成都参加重要会议。

当时，水电五局正在紧张地修建四川广元附近的宝珠寺电站，得到通知后，孙中弼以为是上级需要他汇报工作，便匆匆踏上了西去的列车。

到成都后，组织会议的人们没有作出什么说明，塞给孙中弼一张去渡口的火车票，只对他说了一句话："赶快到二滩去。"

和许多从事水电工作的人一样，孙中弼对二滩电站也早已闻名，并常常希望自己也能亲手建造起一座这样巨型的水电站。

现在，这样一个历史的机遇就摆在了孙中弼的面前，虽然让自己去二滩到底是干什么都还不清楚，但只要一想起这个巨型工程可能和自己这次二滩之行有某种联系，孙中弼便兴奋不已，他暗暗自言自语："难道要我们去参加投标？"

孙中弼坐在火车上，和往常的习惯一样，他仍然手不释卷。孙中弼酷爱读书，多年养成了勤于思考的习惯。

他反复阅读着3本书：《拱坝设计》《招标常识》《英语词典》。

孙中弼略显清瘦，披着一件破棉衣坐在颠簸的车窗前，就像一个极其普通的技术人员。只有他那闪烁在眼眸深处的睿智和略带忧郁的沉思，以及1.85米高的大个子，才使他显得不同于一般人。

1960年，孙中弼毕业于天津大学海港工程专业，但阴差阳错，他被安排到了极其艰苦的水利和水电工程中。

在人们的印象中，对搞水电也是千差万别的。有人认为搞水电艰难而困苦，长年在崇山峻岭中奔波。有人却认为搞水电的人常在人们不能到达的地方出没，可以看到平常人看不到的人间秀色。

但在孙中弼这样的水电工作者心中，却似乎从来没有想过这么多，他们只有一个念头："我们是干这一行的，不管怎么样，反正最后就是要发电！"这一句话，把所有的酸甜苦辣都包括了。

多年来，孙中弼一直在施工第一线和职工们一起摸爬滚打，而且经常是身先士卒。

大家有时吃饭连碗筷也没有，就把铁锹擦一擦，然后撮起一锹菜，再折两根树枝当筷子，甚至把馒头戳起便啃。

在孙中弼的记忆中，从1960年到1985年，他整整25年几乎都没有住过真正的"房子"。有时用油毛毡和席棚搭个工棚，里面再糊一层报纸，这便是房子了。

工棚常常搭在山坡边，遇到山上下来洪水，便在房子的纸墙上戳个洞，水便"哗哗"地流了出去。遇到下大雨，"纸房子"里外浸透了雨，不得不掀掉重搭。有时不搭工棚，便挖个地窝子，地槽子是过道，地面就是床面，晚上从地槽子爬进去睡在地面上。

食、住如此简陋，衣、行当然也好不到哪儿去。成天一身工作服，风里来雨里去，泥一身汗一身。出行全靠两只脚板，为了解决工程中的问题，孙中弼曾一天光着脚走过 60 公里，累得都吐了血。

直到后来当了局长，孙中弼出差时还经常站在硬座车厢的厕所里。他唯一的儿子无法照顾，只得咬咬牙将他扔在上海和老母亲相依为命……

孙中弼身着棉大衣来到了渡口。刚下火车便觉得热浪扑面，猛一低头，看到前来迎接他的人竟都穿着短裤和衬衣。孙中弼笑了，他一下子怔在那里，在那一瞬间，他竟怀疑自己是不是到了国外。

曲折蜿蜒的雅砻江水奔腾着、咆哮着，绿色的江流中溅起了雪白的浪花，带着顽皮，带着莽撞，也带着欢欣，形成了高水头、大流量，映着丽日晴空，映着蓝天白云，仿佛在为远道而来的孙中弼欢呼。

在孙中弼匆匆赶到成都的同时，水电部又物色了二滩开发公司领导班子的其他成员。

早在 1982 年，云南的鲁布革电站是中国水电工程第一个向世行贷款并实行国际招标的。曾被誉为水电改革开放的"窗口",产生了著名的"鲁布革冲击"。

鲁布革发电后,水电部副部长陆佑楣问电站总工程师王音辉:"搞完了鲁布革你干什么?"

王音辉 1967 年清华大学毕业,长期在水电部门转战南北,曾荣获吉林省偏远地区优秀科技工作者荣誉称号。他性格诙谐、爱说爱笑,当时王音辉笑着回答:"解甲归田。"

陆佑楣也笑了,他说:"嘿,40 多岁就解甲归田?你去二滩,去孙中弼那儿!"

瘦瘦的王音辉做了个滑稽的鬼脸问:"孙中弼?谁是孙中弼?"

陆佑楣想了想回答:"个子最高的那个……"

于是,王音辉和上海同济大学毕业的刘孝璞一起,从鲁布革来到了成都。

孙中弼任二滩水电开发公司(筹)的总经理,王音辉和刘孝璞任副总经理,领导小组由 7 个人组成,除 3 名兼职外,专职的只有他们 3 个人,另外的高安泽算半个人,这就是他们后来常常开玩笑所说的"三个半人"。

虽然 1987 年国家计委已将二滩电站列为预备建设项目,但并没有正式立项,因此开发公司(筹)自成立之日起,大小困难便接踵而至,数不清的问题常常使他们顾此失彼。

因为经常需要和四川省乃至中央的领导联系,所以公司本部便设在了成都。没有办公室,就临时租了几间房子。没有食堂，领导班子几个人每人发了一个大大的瓷碗，孙中弼说：“干脆上大街买小吃去，反正'成都小吃'天下闻名。”

王音辉端着大瓷碗吃“刀削面”，孙中弼每天 5 个“锅盔”就打发了自己，早晨一个，中午和晚上各两个，外加一小碗小白菜汤。

孙中弼等都没有想到，这个“筹”字竟一直存在了 4 年之久，直到 1991 年中央才正式同意立项。

听到正式立项的消息后，孙中弼高高兴兴地对大家说：“终于可以把'筹'字取消了！”他马上叫个工人把大门口招牌上的“筹”字凿掉，谁知这个“筹”字粘得竟十分牢实，怎么也凿不掉。

于是大家七嘴八舌地笑着议论：“这是唐僧取经，九九八十一难还差一难哩！”

进行二滩水电站国际招标

1991 年 8 月 31 日，四川二滩水电站工程土建国际招标合同签字仪式在人民大会堂举行，李鹏、邹家华、王丙乾、吴仪等领导人出席了签字仪式。

签字仪式结束后，李鹏约见了世界银行代表、各国驻中国大使、中标的外国承包商、中国有关工程局领导、中央有关部委领导，以及中外记者。

李鹏郑重宣告：

中国将继续坚持改革开放政策，欢迎世界各国及世界各种经济组织与中国友好交往。

二滩水电站由中央和四川省合资建设，部分利用世界银行贷款，主要土建工程实行国际竞争性招标。

早在 1988 年元旦，《人民日报》（英文版）便向全世界公布了二滩电站将要进行国际招标的公告。2 月份开始出售资格预审文件，国内外 43 家承包商前来购买，最后提出正式申请的是 13 家，许多是国际上赫赫有名的大公司。

招标前，世界银行（简称世行）要求对标书进行审查。世行本部在华盛顿，孙中弼和成都勘察院的主要设计人员准备到华盛顿去。

后来世行又提出，标书是美国哈札公司帮助编写的，哈札公司的本部在芝加哥。孙中弼说："干脆大家就去芝加哥吧。"

于是 1988 年 11 月，一行人去了芝加哥。

世行的专家们对标书特别是商务条款部分进行了严格、细致的审查，一页一页地推敲、一页一页地提出修改意见。

孙中弼和成都勘察院的设计人员白天坐地铁到哈札公司 60 层的高楼上和专家们一起研究，晚上回到公寓里大家再进行讨论和修改。

11 月的芝加哥，外面已经很冷了，但公寓里温度却很高，大家都只好穿着背心短裤。沙发不够了，便坐在地毯上。孙中弼个子很高，他似乎觉得坐在地毯上更舒服，常常把沙发让给别人。讨论讨论着，有人疲倦地睡着了，半夜醒来又继续讨论。

就这样，大家夜以继日地紧张工作了半个月，标书终于修改完毕。

芝加哥是仅次于纽约的美国第二大城市，也是美国中西部最大的工业中心之一。它还是一个美丽的湖港。波光粼粼的密执安湖上游弋着许多漂亮的游艇，银色的海鸥在蓝色的湖面上飞翔，横无际涯的湖面，看上去不知道究竟是湖还是海，防波堤上还高耸着一座灯塔。

沿密执安湖边建筑着许多世界闻名的高楼大厦，美国最高的摩天大厦高 433 米的西尔斯大厦就在这里。它每年都接待无数的参观游览者。

但是，孙中弼他们却没有时间潇洒地欣赏这些美景，标书突击修改完毕后便匆匆踏上归途。

1988 年底，二滩开发公司（筹）向通过资格预审的承包商们发出了合格通知书，紧接着又出售了标书和各种参考资料。1989 年 5 月底召开了标前会，不但向 150 多名中外承包商详细介绍了二滩工程的地质情况、设计总体布置等，还组织他们到工地现场进行踏勘，进一步了解工程各方面的情况。

标前会开得热烈而成功，世界排名前 15 位的筑坝公司和国际著名的洞室开挖公司都来到了雅砻江边，相互间展开了激烈的竞争，他们不但希望跻身于二滩这个巨型工程，而且还希望以此为契机，进而挤入中国巨大的水电市场。

二滩开发公司（筹）、成都勘察院以及中外专家们对承包商的投标书一一进行了认真而细致的审查，并反复进行了筛选和比较，写出了长达 20 万字的评标报告。

随后，世行特咨团专程到成都审查了评标结果，世行也派员参加审查，并同意了评标结果。

综合各方面的意见，孙中弼向上级建议，为了二滩，必须三管齐下：国际招标、世行贷款、前期工程一齐上。

1989 年 8 月，国家能源投资公司总经理姚振炎，能源部副部长陆佑楣和能源投资公司水电项目部主任张建贤在出差福建水口的飞机场进行了研究。回到北京后，一下飞机便直奔国家计委，向当时担任计委常务副主任的甘子玉汇报。

10月，二滩开发公司（筹）终于争取到国务院和国家计委的同意，在成都举行了开标会。四川省省长张皓若亲临会场，并在会上用英语发表了热情洋溢的讲话。

开标结果，以意大利的英波吉诺为责任方，法国杜美思、中国水电第八工程局、法国大马赛、意大利托诺5家公司组成的联营体夺取了大坝土建工程标。

以德国的霍尔兹曼为责任方，由中国长江葛洲坝工程局、德国霍克梯夫组成的联营体夺取了地下厂房工程标。

1990年5月底，国家能源部正式批准了评标报告。

1990年底，意大利、法国、德国承包商们都来到了成都。

当时最困难的还是争取世行贷款的问题。

世界银行是全世界130多个国家共同出资组建的股份制银行，最高权力机构是执行董事会。发放贷款必须经过执行董事会表决，表决时按股份计票。

中国在世行的股份是1.3%，而美国是13%，这就意味着表决时我们举10只手只相当于美国举一只手。欧洲国家在世行的股份一般是7%。

这种局面表面看来，中国无疑处于绝对的劣势。

但是，孙中弼却有不同的看法，他认为，我们的劣势并非不能改变。

针对世行强调满足"人类基本需要"的有关规定，孙中弼又风尘仆仆地专程赶到华盛顿去，向世界银行详细介绍情况。孙中弼说：

为了保护人类唯一的地球，中国迫切需要改变能源结构，建立一个二滩，每年至少可以少烧1000万吨标准煤，会减少大气层中一氧化碳的污染，还会避免产生污染环境的粉尘、煤灰、废气，大大有利于人类的环境保护。

孙中弼声情并茂、极具说服力的雄辩，感动了在场的很多人。

世行行长康德勒尔先生对中国人一向比较友好，他亲自出面做反对者的工作。

经过一番努力，世界银行逐渐重新为中国敞开了大门。

二、 勘测与设计

- 在深山老林中，他们常常和后勤失去联系，靠喝泉水、采野果为生。晚上便点起一堆篝火，烤了前胸又烤后背，或住在树林中，或睡在岩洞里。

- 刘显辉说："要建设社会主义就得干，不干，哪来的社会主义？搞勘测，是我们的本职工作，雅砻江是国家的财富，我们得想法让它为国家作出贡献！"

- 胡耀邦高兴地说："像这样集中的丰富水力资源，是得天独厚，全世界少有，要尽快开发出来。"

勘测队早期对雅砻江的勘测

1956 年初夏，电力工业部成都勘测设计院第四普查队年轻的队员们来到了雅砻江边。

一首当时在勘测队员中十分流行的歌曲，伴着涛声，在崇山峻岭中回响：

是那山谷的风，

吹动了我们的红旗；

是那狂暴的雨，

洗刷了我们的帐篷。

我们有火焰般的热情，

战胜了一切疲劳和寒冷。

背起了我们的行袋，

攀上了层层的山峰，

我们满怀着无限的希望，

为祖国寻找丰富的宝藏……

但是，当时新中国刚刚成立不久，偏僻的崇山峻岭中，正是土匪们的巢穴。普查队还没有到达雅砻江边，便遭遇了几次土匪。到达雅砻江下游小得石附近七八公里处，又发现前面有土匪叛乱，普查队只好撤出，转而去勘测青衣江。

1958 年，成都勘察院再次组织了雅砻江勘察队。1955 年郑平从北京水电学校毕业后到了四川，当时刚刚 18 岁的他参加了 1956 年的勘测，1958 年，他又一次参加了对雅砻江的勘测。

当时，全队十几个人都是年轻人，队长张自荣也只有 20 多岁。

1958 年 4 月，大家便开始了对雅砻江的勘察，着重勘察下游一段。

那时叛匪仍然很多，经常可以听到土匪杀人放火的消息，大家都很紧张。部队派了一位年轻的解放军班长李国明保护他们，李国明是一位非常好的战士，正要被提升为排长。

李国明白天和大家一起跋山涉水，晚上又要为勘测队值勤放哨，再加上山里面经常没吃没喝，10 多天后，李国明的体力消耗太大，人也十分疲倦了。

不幸的事发生了，在一天晚上站岗时，李国明打起盹来，误撞了枪上的扳机，当场将自己打死……

1958 年 7 月，勘测队从冕宁出发，对雅砻江洼里到河口一段进行考察。

当时条件十分艰苦。从金矿到洼里要翻越锦屏山，最高的地方海拔 4200 米以上，到处云雾缭绕。

大家都很年轻，不觉得有什么高山反应，但是苦的是找不到路。密密层层遮天蔽日的大森林，树上爬满了旱蚂蟥，灰褐色，四五厘米长，软软的，爬在树上昂着脑袋不断地摇晃，人一走过，马上沾到人的身上吸血，扯都扯不下来，只有用烟头烫。大家把衣服裤子扎紧，浑身还是被咬了很多血疱……

大家行走在森林里，不能骑马、骑驴，只能步行，背上还背着粮食，休息时便捡几个石头搭个灶，拾一些树枝开始煮饭。他们的运气还好，后来打到了一只山羊烤来吃，大家一边吃着一边都喊"香极了"。

雅砻江河谷的山崖大都十分陡峭，两岸重岩叠嶂，连猿猴也难攀登。从下往上望去，仿佛只能看到一线的天空，连太阳和月亮似乎都被挤扁了。

崎岖狭窄的山崖中挤出一条绿得发蓝的江流，水急如箭，在巨大的礁石前，勇猛地跌落而下，涛声震天动地，翻滚着无数雪白的浪花。

由于沿途大都是人迹未至的地方，根本没有道路，勘察队员们只能背着资料、背着仪器、背着粮食，手足并用地在悬崖绝壁上攀缘。高山牵着高山，深谷挽着深谷，没有多久，衣服就被挂破了。他们长发披散，满脸泥灰，个个都成了野人。

在深山老林中，他们常常和后勤失去联系，以致不得不像漂泊在荒岛上一样，靠喝泉水、采野果为生。晚上便点起一堆篝火，烤了前胸又烤后背，或住在树林中，或睡在岩洞里。

金矿到洼里直线距离只有10多公里，但为了要沿江考察，勘测队足足走了 3 天。

当时，大家把洼里称为"三滩"。

为了取得可靠的水文资料，成都勘察院的水文人员长年累月坚持在野外作业，在一次山洪暴发中，水鹿水文站周围老乡们的房屋一夜之间全被突发的泥石流摧毁，只有水文站幸存。幸存的人们坚持测量了最大洪峰。

从 7 月到 10 月 1 日，大家沿着江边从洼里一直考察到江口，走到雅砻江和金沙江交汇的地方。

9 月 26 日，当大家从茅坪往下顺江走时，突然看见左岸的花岗石天然铸成为一头巨大的、灰白色的牛。牛头向前伸出，躬着有力的双肩兀立在江水中。

队员们高兴得又跳又笑："这个'四方牛'的所在地，正是一个十分优秀的坝址。"

于是在这一天，二滩第一次被发现了！

当时，队员们十分兴奋、十分自豪，河里流淌的不是水，是石油，是煤炭，是财富啊！再一计算，发电量可以达到百万千瓦以上，大家简直乐坏了！

这一次，勘测队沿途选中了 12 个坝址。

从 1958 年到 1961 年，年轻的郑平，跟着年轻的勘察队对整个雅砻江进行了全面勘测，修正了许多地图上的错误。在陡峭的、刀削般的峡谷和疾驰如箭的江水中，他们看到了大自然移山填海的鬼斧神工。在涛声中，他们听到了大自然亿万年来的呼喊，在狂喜中他们常常涕泪交流。

为了要仔细地测出整个河流的流量、水面的高差以及其他一些宝贵的资料，勘察队从黄河上调来了羊皮筏子。

每个羊皮筏子都绑着十几个灌了气的羊皮袋。队员们坐在这极其原始的交通工具上，便勇敢地冲进了激流险滩。

雅砻江吼叫着，带着巨大的、原始的力量奔腾咆哮而下。到处是险滩，隐藏着天体黑洞般的漩涡；到处是瀑布般的跌水，在表面温柔平静的江水中，也常常隐伏着杀机。

江水一会儿把皮筏拖向波谷，一会儿又抛上浪尖。劈面一个浪头打来，一声巨响，队员们只觉得天旋地转，眼前顿时漆黑一片，原来竟全部被闷在了水里。

许多次，筏子被礁石或巨浪砸散了，一个个白色的羊皮袋漂在暗绿色的江面上，渺小得像一个个小肥皂泡。

1960 年 5 月，乘羊皮筏过险滩时，筏子被冲毁，年轻的测工高启龙被卷进了激流中。当在下游打捞到他的尸体时，早已被礁石撞得残缺不全、面目全非。郑平和同伴们在江边埋葬了他，然后擦干眼泪又继续前进。

勘察队员们有时行进在遍地积水的沼泽和草滩上，有时跋涉在危石累累、崎岖蜿蜒的山间小道，有时又穿过绿茸茸的草原。大自然在他们面前展示了无数美景。

1961 年初夏，勘察队终于到达了雅砻江源头青海省巴颜喀拉山脚下的休马滩。

此后，1959年到1965年，成都勘察院又多次进行过复查，淘汰了其中的一部分内容。

1966年到1968年，成都勘察院和水电部上海院，并会同水电部工作组、国家科委等单位，对雅砻江下游多次进行复勘。

1965年复勘之后，进一步确定了坝址在二滩到三滩之间一公里的河段内更靠近二滩的位置。考虑到锦屏高坝坝址当时称为"三滩"，于是大家把这个坝址改称"二滩"。

进行水电站规划选点工作

1971 年 10 月，成都勘测设计院党委书记刘显辉去北京参加全国电力会议。在会上，水电部向成都勘测设计院下达了进行渡口地区水电规划选点的任务。

刘显辉是个性格豪爽、说话粗声大气的山东人。1938 年就参加了革命，1949 年随解放军南下到了浙江，担任省委组织部副部长，后来为支援工业建设到了水电部门。20 世纪 60 年代初，调入成都勘察院担任党委书记。

1964 年，刘显辉上任伊始，在"三线"建设中，攀枝花市成为钢铁基地，急需在附近开发水能，他便骑着马和毛驴考察过锦屏和二滩坝址。

1971 年，刘显辉开完会回到成都后，水电部的文件还没有下达，刘显辉早就憋着一口气，心急如焚了。他以雷厉风行的作风，和 40 多名技术人员一起，坐着闷罐车，连夜从成都直扑二滩，对二滩上下河段的有关坝址进行复查。

在当时，有人对二滩的勘测设计提出反对的意见，刘显辉大手一挥，理直气壮地高声对大家说："要建设社会主义就得干，不干，哪来的社会主义？搞勘测，是我们的本职工作，雅砻江是国家的财富，我们得想法让它为国家作出贡献……有人说，勘测了、设计了，这工程不一定能上，算是白费力气，我说，不，现在不上将来总会上，我们在为建设做基础工作，基础工作不是白费力气，它永远都是有用的！"

一到雅砻江边，刘显辉便铿锵有力地对大家宣布："在这里各复原职，大胆干吧，干！"

勘测人员在雅砻江边狭窄而荒凉的阿布郎当沟公路桥下安营扎寨了。当时附近只有两户人家，据说是清朝时期被充军流放到这里的。成都勘察院的指挥部就设在桥下，这就是后来赫赫有名的"桥下指挥部"。

雅砻江边沸腾了，桥下桥上都是席棚和油毛毡棚，里面挤满了勘测设计人员。一个废弃的仓库里用竹竿搭起了通铺，又挤了几十个人。

绘图的时候，大家用木头钉个架子，上面放块木板，架在膝盖上、放在床上，没有电灯，晚上绘图只有点上一支蜡烛。多少精细的图纸，都是在摇曳的烛光下垫着木板完成的。

这里是亚热带的干热河谷，终年阳光灿烂。夏天，在 40 多度的高温下进行野外作业，直射的阳光几乎把人烤晕，席棚和仓库里也热得像烤炉和蒸笼。

一到雨季，屋里屋外、天上地下到处是水，唯一的一条路常常被山洪冲坏，连粮食和蔬菜都没法运进来。勘测设计人员不得不人人拿条长裤，把两条裤脚用绳子扎上，步行到几十里外去背米。

许多孩子也和父母亲一起来到阿布郎当沟。七八岁的孩子每天都要背着书包爬半小时山路，到山上的黏土矿小学去读书。偏僻的矿区小学教学质量不高，孩子们从小便耽误了学习，以致群星灿烂、高级工程师云集的成都勘察院内，高考升学率竟只有20%，给父母们留下许多内疚和遗憾。

勘测人员对下游二滩、藤桥河口、米筛沱这三个靠近渡口、西昌工业区的河段进行了仔细比较，最后一致认为二滩条件最好。

1973年8月，经过一年多的反复勘察，提出了《渡口地区水电规划选点报告》，正式推荐二滩水电站为四川省当时的大型水电开发项目，它是雅砻江水电开发的第一个工程。

交出选点报告后，成都勘察院便开始对二滩进行勘测设计。重点是对坝址区的河床及两岸进行地质勘探，深入研究建坝条件。

当时，殷开忠担任设计总工程师，第一地质勘探队技术负责人兼副队长刘克远负责地质工作。

经过一年多的努力，以殷开忠的设计思想为主导，他们把300万千瓦规模的二滩水电站选址报告写出来了。

刘克远1955年毕业于东北地质学院，毕业后便开始了风餐露宿的野外工作，长江、岷江、青衣江、龙河……都留下了他的足迹。

刘克远这个身体单薄、个子不高、文质彬彬的年轻人，对事业十分执着。他常说"千里之堤，溃于蚁穴"，地质工作一点也不能偷懒。

在刘克远的领导下，地质勘探队对所有可能出现的问题都一一进行了研究。为了掌握地质情况，采用了钻探、硐探、物探等各种手段，并反反复复地测试、实验，细致到把岩石中有多少缝隙，哪些可能影响工程，它们的裂隙性质、组合规律、相互关系都分组分类进行了分析，对不同的坝址和坝线反复比较，为设计者们提供了许多可靠的数据。

1975 年 3 月，成都勘察院提出了《二滩水电站选坝报告》，肯定了二滩具备兴建中高坝的条件。

1977 年，二滩勘测设计工作全面展开，工作量越来越大。这时，殷开忠除负责总的设计工作外，还要组织几百名工程技术人员和协调全国 30 多个科研单位共同攻关，并接待一批又一批的外国水电专家来访和作学术交流。

1979 年 5 月，水电部和四川省在成都召开了二滩水电站选坝会议。

专家们面对雅砻江丰富的水能资源，面对二滩得天独厚的自然条件，特别是面对成都勘察院报告中科学而翔实的数据，不由得都折服了。

会议审查并通过了成都勘察院的《二滩水电站选坝报告》，确定了坝高 240 米，装机容量 300 至 350 万千瓦的方案。

1979 年 5 月，国务院副总理方毅率领科技干部到攀枝花视察。听了殷开忠对二滩水电站的汇报后，方毅明确指出：

下了二滩这着棋，攀西地区和整个西南地区的经济就全盘搞活了。

在方毅的指示下，中科院用卫星遥感技术对二滩坝址周围的地质情况进行了遥测。这是我国首次将遥感遥测技术用于水电开发。

方毅还指定，由中科院牵头，组织全国 20 多个研究院所、清华大学等高等院校，200 多名专家协作攻关，进一步对二滩修建大型水电站技术上的可行性进行综合研究。

卫星遥感图片的判识问题，曾引起二滩选坝址的风波。一位遥感专家从成都到渡口后，根据他对遥感图片的判读，认为二滩电站坝址存在着一条顺雅砻江的顺河断层。这一论断，引起院内许多人震惊。

当时，一位著名地质专家、中科院学部委员亲笔给邓小平写了报告，反对在二滩修建大坝。

邓小平非常重视，他郑重地把报告批转给了水电部，水电部转到了成都勘察院。

殷开忠为了弄清真相，毫不气馁，特邀这位专家到二滩现场看一看，究竟断层在哪里。但那位专家急着乘火车回成都。殷开忠只好追着他上火车，以便在车上与他继续探讨顺河断层问题。

这位遥感专家回答说："计算机信息一般是不会骗我们的。"

殷开忠到成都后，便去了七八个院所求助与探讨。同时组织院内遥感、区测、地勘等学术讨论。

殷开忠的行动感动了他们。一个由多学科的专家组成的工作组应邀奔赴二滩水电站坝区，作了认真复核。他们发现，原来那位遥感专家把坝址陡壁在遥感片上的线性形迹错判为断层。

但那位专家不相信，立即派他的助手赶到二滩水电站坝区，他的助手研究了一段时间后，回成都向他报告确属误识，那位专家才纠正了自己的观点。

1982年4月，方毅到渡口视察，高度评价了二滩水电站勘察设计工作，并传达了邓小平对二滩建设的指示。

殷开忠兴奋不已，抄下了邓小平的指示。他回到成都后，立刻向亲人展示记录，连声道："这下可好了，这下可好了，二滩有希望了。"

1982年9月19日，中共中央总书记胡耀邦，以及李鹏、郝建秀、杨汝岱等到渡口视察，特地到了二滩水电站坝区。

胡耀邦总书记和大家一起席地而坐，殷开忠在地上展开设计图纸，把选址、地层、效益等问题一一详细汇报。

胡耀邦边看地图边问情况，他非常高兴地指出：

像这样集中的丰富水力资源，是得天独厚，
全世界少有，要尽快开发出来。

1982 年 12 月，成都勘察院提出了《雅砻江二滩水电站可行性研究报告》。

1973 年到 1982 年 10 年中，围绕二滩工程，成都勘察院对 7000 平方公里的地区进行了区域地质调查，钻探进尺近 2.6 万米，硐探 8000 余米，坑槽探近 3.4 万立方米。此外，还进行了大量物探、岩体现场测试、岩土试验等工作。

论证水电站工程可行性报告

1983 年 3 月，国家计委及中国科学院在北京举行了二滩水电站可行性报告若干问题论证会。中科院以张光斗教授为首的 7 位学部委员和十几位技术权威参加了这次论证会。

同年 4 月，水电部受国家计委委托，又在攀枝花市召开了二滩水电站可行性研究报告论证会。

两个论证会都充分肯定了成都勘察院可行性报告。

报告获得肯定后，殷开忠兴高采烈、神采奕奕。在巨大的兴奋和欣喜中，他宽宽的前额上细细的皱纹似乎都被抚平了。60 岁的人眼睛里竟闪耀着儿童般天真的欢乐。

1983 年 4 月 20 日上午，殷开忠刚刚送走了美国专家，他又陪着中国水电权威、中科院学部委员张光斗教授再次去了二滩工地。

当汽车行驶在雅砻江边公路上时，殷开忠看着奔腾不息、蕴藏着巨大能量的雅砻江，兴奋不已。

一路上，殷开忠仔细地、带着偏爱地向客人们详细介绍着二滩的各种情况。

快到二滩坝址所在地时，殷开忠兴奋地从后排挪到了前排张光斗的座位边，举起右手指点着窗外，为张光斗介绍着这一地区优美壮丽的景色。

突然，"砰"的一声巨响，一块脸盆大小的流石从公路上方的悬岩上飞滚而下，击破了车窗，击坏了座位上的扶手，一直猛击到殷开忠的右肋上。

殷开忠痛苦地捂住右肋，脸色顿时变得煞白，不久便失去了知觉。当救护车载着他疾驶到医院时，殷开忠已经永远地闭上了眼睛……

噩耗传来，成都勘察院一片哭声。送葬那天，成都勘察院的工作人员自发地排成了长队。

张光斗先生原定坐火车赶回北京出席一个重要会议，当得知殷开忠经抢救无效已经牺牲的消息，他心情极为悲痛，特地从金江车站折回攀枝花医院，向殷开忠遗体告别。

方毅听到了殷开忠不幸罹难的噩耗后，跺脚长叹："老天实在不公！老天实在不公！"这位曾5次听取殷开忠汇报二滩设计计划的副总理，亲笔手书了李白《哭晁衡卿》的诗句"明月不归沉碧海，白云愁色满苍梧"，以寄托自己的哀思。

…………

1985年8月，成都勘察院完成了二滩水电站的初步设计。

1986年1月5日，在北京万寿路西街一家普通的招待所里，中国水电行业的泰斗们聚集在一起审查成都勘察院的《初步设计》，四川省主管能源的副省长马麟也参加了这次会议。

面对李鹗鼎、潘家铮、张光斗这些国内外声名显赫的权威，面对水电部副部长陆佑楣，成都勘察院清华大学毕业的副院长高安泽心情有些忐忑，他明白，这次会议不但是对成都勘察院两代人奋斗成果的考评，而且在一定程度上，也将影响二滩工程的命运。

高安泽走向麦克风，扩音器里传出了他带着浓厚江浙口音的普通话。

随着汇报的进行，高安泽的思绪逐渐沉浸在手里的《初步设计》中，语调逐渐变得昂扬，语音也越来越顺畅。他怀着激情，说出了一连串数字："二滩水电站总装机300万千瓦，年发电量162亿千瓦时……"

这是中国规模空前的水电站，专家和部长的表情都异常严肃。

当高安泽谈到"二滩枢纽工程包括240米高的混凝土双曲拱坝……"时，会场里有了一点小小的骚动，连德高望重、见多识广的权威们也掩饰不住震惊的表情，毕竟中国最高的大坝不过160多米，就是全世界，这种技术复杂的"双曲拱坝"高100米以上的也是屈指可数。

高安泽仔细而又充满信心地说："双曲拱坝是国外20世纪80年代广泛采用的坝型，具有结构合理、受力好，可以大大节约混凝土等优点。经过我们和有关部门共同努力，终于开发了双曲拱坝的计算程序……"

专家们对初步设计进行了认真审查。中科院学部委员、著名水电专家潘家铮说了这样一句话："国内没有一个电站的初步设计达到了这样的深度。"

初步设计被顺利通过。

这一年，成都勘察院的二滩初步设计报告获得了水电总局优秀设计一等奖。

1986年春天，在潘家铮、李鹗鼎、谭靖夷等专家的主持和参与下，水电部邀请加拿大道尔梅兹公司总裁道格拉斯·康拜尔、第十五届国际大坝会议主席济瓦尼·龙巴第、第十四届国际大坝会议主席皮艾里·隆德和美国哈札公司副总裁兼总工程师罗曼·温格勒4名国际知名专家和中国专家们一起组成特别咨询团，专程来到成都，对初步设计进行全面咨询。

专家们仔细研究了初步设计，到现场进行了踏勘，回到美国后，又运用拱坝应力分析程序进行了分析，提出了咨询报告。

专家们认为："设计比较成功，满足了二滩极好的开发条件，但指导思想过于求稳，偏于安全，建议另辟蹊径，调整思路，减少投资，缩短工期。"

一针见血，高安泽被外国同行们"过于求稳"的意见震动了，但成都勘察院的技术人员却展开了激烈争论。

"我们设计的拱坝已经够薄了，还能再薄吗？"

"基建面还要抬高，能保证安全吗？万一出了问题，后果不堪设想，谁能负得起这个责任？"

高安泽听着不同的意见，他也在认真地反省自己。

高安泽对自己说："初步设计虽然听到了一片赞扬，但也确有不足之处。特咨团的专家们见多识广，实践经验丰富，他们敏锐地看到了问题的症结所在。的确，如果仅仅为了一己之利，那自然应该坚持原先的方案，但是眼看着几亿元人民币白白浪费，眼看着工期白白拖长，自己却没有勇气承担风险，开辟一条新路，又怎么面对贫穷落后、灾难深重的国家和民族？"

高安泽把自己的思索、自己的愧疚坦诚地告诉了同事们，并且说："由于各种原因，中国的设计人员们长期以来承受着各方面的压力，以致不得不谨小慎微，设计时甘愿墨守成规，宁肯保守一些，安全一些，不敢进行探索和创新。而科学的伟大进步，却源自崭新与大胆的想象力。过去，在按部就班、不冒任何风险的思想指导下，不知道暗藏着多少惊人的浪费，同时又扼杀了多少创造力。看来，我们的设计思想也有必要进行观念的变革和更新。"

高安泽发动大家认真对待外国专家们的意见，甚至到芝加哥去和专家们仔细讨论和分析，尽最大可能优化原先的设计。

高安泽为了把工作做得更细致、更扎实，他一方面组织和指挥着设计人员，一方面亲自计算，亲自推导数学公式，亲自解决最棘手的问题。有时甚至整夜整夜敲着计算机的键盘，反复思索，反复论证。

经过一年多的努力，在高安泽与院总工王洪炎的领导下，优化设计全部完成。

大坝重新调整了体型，厚度从 70.34 米减少到 55.74 米，混凝土量由 474.2 万立方米减少到 408.2 万立方米；左岸开挖外移 11.7 米，右岸开挖外移 3 米，坝基开挖减少了 76 万立方米；装机总容量由 300 万千瓦提高到 330 万千瓦，年发电量也从 162 亿千瓦时提高到 177 亿千瓦时。

整个工程不但增加了发电量，而且还节省投资 4.78 亿元，缩短工期一年。提前一年发电所创造的直接效益便近百亿元，间接效益则更大。

潘家铮称赞："二滩的优化设计给我们开了个好头。"

与此同时，成都勘察院的知识分子们，还在刘克远、张超然、肖富仁等的主持下，共同参加了国家"七五"攻关的 4 项课题研究，全部达到全国先进水平，分别获得国家科技进步奖和能源部科技进步一、二等奖。

年轻的设计人员丁予通经过艰苦的探索，成功地编制出复杂的大坝计算程序；杨云伟、吴志勇和女设计师陈爱芬、周宝琼一起，解决了坝肩如何稳定的难题；艾永平解决了拱坝的可靠度；王仁坤论证了开孔对拱坝的影响。

1987 年 7 月，国家计委经国务院同意正式将二滩水电站补充列入"七五"和 1987 年计划，成为国家预备建设项目。

既然要世界银行贷款，就必须进行国际招标。按世行的有关规定，拟定国际招标文件的任务交给了成都勘察院和美国哈札公司、挪威一家公司。

招标文件分三大部分：商务部分、技术规范以及图纸。

商务部分以哈札公司为主，技术规范以成都勘察院为主，图纸由成都勘察院绘制后再征求哈札公司和挪威一家公司专家们的意见。

进行标书咨询的美国哈札公司的专家们通晓国际惯例，工作十分认真细致。

由于过去中国从《初步设计》到《施工图纸》中从来没有涉及《招标设计》，制定国际招标文件对传统的设计思想无疑是一种巨大的冲击，于是有人主张干脆用《初步设计》代替招标文件。

哈札公司的专家们表示反对，反复向大家解释，用《初步设计》招标将来必然会增加工程成本，给业主带来巨大损失。

哈札公司的高级专家、上届大坝主席威尔乔福一条腿伤残，行动十分不便，但却坚持跪在地上审查图纸。鉴于当时二滩工程资金没有落实，他还主动表示："我只拿一半工资！"他的精神使在场的人们都深受感动。

整个成都勘察院都飞速地运转起来。为了按期编出标书，全院人人都在拼搏，办公大楼彻夜灯火通明，取消了一切休息天和节假日。技术人员一面学习国际惯例，一面提高外语水平。为了解决工程翻译上的燃眉之急，院外事办主任信继权还突击出版了一本《汉英工程技术词汇》，供大家查阅。

繁重的超负荷的工作使高安泽一点一点地消瘦下去。他面色苍白，长期发着低烧，甚至多次晕倒在办公桌边和计算机旁，但他一直隐瞒着自己的病情，坚持加班加点地工作，甚至连校对、装订这些事务都亲自参与。

中英文共计 16 卷、1700 多页的标书终于在两年内按时完成，哈札公司的咨询专家们既高兴又惊奇，连连称赞："OK，了不起，了不起!"

1989 年 4 月，成都勘察院编制的标书在成都饭店正式向全世界发售。世界银行的官员赞赏地说："二滩的标书是近年来世行收到的最好标书，可以作为东南亚的样板。"

但是，疲惫不堪的高安泽，刚从工地回来便再一次晕倒在家门口。同事们把他抬进了医院，住院后被诊断为胆囊瘤。

高安泽被迫躺在了病床上。但是，他悄悄让妻子把二滩的资料带进了病房，藏在了枕头下面。手术后仅仅10 天，他就溜出病房去见外国专家；不到一个月就坚决要求出院；出院仅仅十几天，他便挂着拐杖四处奔波。由于过度操劳，伤口迟迟不能愈合。

三、 施工与移民

● 江泽民指出："我们都是搞工程技术的，要讲现实，这是最现实的。宣传工作，画龙要点睛！"

● 中方与外方人员，经历了从激烈碰撞到相互信任协作的过程，从而真正使这一世纪工程成了中外水电人共同智慧的结晶。

● 罗登发说："告别了，父老乡亲们！为了支援国家建设，我们要离开祖祖辈辈居住的地方，离开各位父老乡亲，离开熟悉的故乡，搬到一个陌生的地方去了……"

进行二滩水电站前期工程

1987 年 7 月 1 日，雅砻江边的方家沟一声炮响，二滩水电站前期工程开工了。

经过国内招标，中铁二局、水电七局、西南送变电工程公司、攀枝花市建筑总公司等十几支队伍来到了雅砻江畔，在沿江 10 多公里的悬岩陡壁间安营扎寨。

山高坡陡，江流湍急，大型机械根本无法进入工作面，甚至连简单的机械也没有放的地方。中铁二局职工逢山开路，遇水搭桥，硬是人背肩扛，把几百吨重的设备、水泥、沙石顺着 60 度的陡坡运到了隧道施工现场。

隧道施工刚刚进行，便多次出现岩爆，由于条件十分简陋，有的民工不幸牺牲在岩爆之中。

没有路、没有桥、没有电，征地条件没有谈好，连搭个临时施工棚都不行，被褥让雨淋得湿透，露天煮饭，雨"哗啦哗啦"地下到了锅里。

没有桥梁，过江全靠一只拴在缆索上的小木船，时时都有被激流冲翻，被漂木撞毁的危险。

具体负责前期工程的王音辉、刘孝璞、冉以祥、崔子钧等人，不得不背着帆布书包在树下、屋檐下流动办公，夜晚睡在汽车下面，饿急了，到地里偷偷掰农民的苞米，偷偷挖农民的红苕。

中铁二局一个老工人长期在外面施工，妻子扔下4个孩子离去了，他把3个孩子寄养在亲戚家里，咬着牙把最小的一个带到工地。

由于省内筹资艰难，资金往往不能及时到位，尽管孙中弼等八方奔走，四处筹措，但要到的一点钱根本起不了多大作用，于是开发公司不得不长期拖欠施工单位，施工单位有时几个月拿不到工资。

中铁二局甚至曾经向职工们借钱买钻杆、钻头。

工人们加班加点地干着重体力劳动，但是孙中弼亲眼看到，吃饭时送到建造斜拉桥顶工人手上的，只有一碗米饭、一碗咸菜，他听说有时只有一碗盐水！此情此景，多少次让孙中弼这个大个子难过得流下眼泪……

除了资金异常匮乏外，还有一个问题是干部严重不足。偌大一个开发公司竟只有20多个人，常常忙得焦头烂额。

为了解决干部问题，孙中弼曾派王音辉两度北上，向中国水电一局求援。借来了40多位懂工程、能吃苦的管理人员和技术人员。一位借调来的姓丁的高工，在返回东北的前夕，由于车祸，竟葬身在雅砻江的滔滔流水之中。

经过3年多的时间，到1990年底，建设者们完成了46项非常漂亮的前期工程。

这些前期工程绝不是当时传统意义上的"三通一平"或"五通一平"。它们包括3座跨雅砻江的大桥，9条专用公路，3 条施工供电线路，2 座施工变电站，微波通讯系统 470 公里，4 个居住点，扩建桐子林铁路车站及建立物资转运站，改造金江油库，扩建及改造渡口水泥厂，两万亩地的施工征地，13 处主体土石方明挖等等，使二滩水电站完全具备了主体工程开工的条件。

三年时间，四川省在资金十分困难的情况下，单独投入 4 亿多元资金，确保了二滩电站准备工作的完成。

二滩电站的准备工作得到了世界银行和外国承包商们的普遍赞扬。就连世界一流的水电专家也称二滩电站的前期工程是世界水电建设史上最好的前期工程。

外国承包商们来到二滩现场踏勘后都兴奋不已："OK！这里的准备工作太漂亮了！""即使在国际上也是罕见的！"甚至说："全世界没有一个业主达到这样的水平！"

中国的建设者们超额完成了在招标中的诺言，为二滩正式开工争取了主动。

江泽民视察二滩水电站施工现场

1991 年 4 月 17 日夜晚，中共中央总书记江泽民在四川省委书记杨汝岱、省长张皓若的陪同下，来到了攀枝花市。

4 月的北京是乍暖还寒的季节，而地处亚热带的攀枝花市已开始进入了骄阳似火的夏季，婆娑的凤凰树成片成行灿若云霞，到处盛开着三角梅、五色梅，一派艳丽的南国风光。

4 月 18 日，江泽民一行坐着汽车到二滩电站的现场视察，汽车沿着雅砻江边新修的专用公路疾驰。

一路上，重叠的群山、陡峭的峡谷、湍急的江流不断扑入视野。孙中弼汇报了二滩水力资源的利用情况；四川省副省长马麟仔细答复了江泽民提出的关于二滩水电站建设的几个重要问题。

大家发现，江泽民的神色越来越专注了。

汽车来到了波涛汹涌的二滩坝址前。江泽民等人下了汽车。

江泽民称赞二滩的公路修得漂亮，他又站在坝址旁的山岩上仔细观看了二滩全景。

在挖掘机和推土机的轰鸣声中，江泽民看着工地上忙碌的人们，他点了点头，露出了欣慰的笑容，并且郑重地说："到工地看一看跟不看大不一样，国家计委的同志也应该来看一看……二滩这个项目在中央没有不一致的意见。这个项目的效益这么大，四川又已投入了4个亿，怪不得汝岱同志在政治局会议上老是提二滩。"

杨汝岱得意地笑了。

在炎热的阳光下，江泽民视察了二滩新修的桥梁、专用公路、供电线路等。面对规模宏大的前期工程，江泽民赞许地说："你们一方面积极地干，另一方面积极争取贷款，这是对的。"

在视察到悬岩下巨大的导流洞时，江泽民意味深长地说："这是给中国人民争气的'争气洞'。"

江泽民对雅砻江蕴藏着的巨大能量和二滩优良的前期工作印象颇深，他在视察时指出：

> 宣传工作要有两个方面：一是说这个工程多么重要，效益多好；二是讲现在山都劈开了，交通洞已打到厂房了，导流洞也进去了，已是既成事实，你看怎么办？我们都是搞工程技术的，要讲现实，这是最现实的。宣传工作，画龙要点睛！

…………

江泽民总书记走了，但他的话却迅速传遍了整个工地，极大地鼓舞了困境中的四川省、攀枝花市、二滩开发公司领导以及参加前期工作的人们。大家明白，二滩在"山重水复"中终于迎来了"柳暗花明"，二滩工程大有希望了！

江泽民离开二滩仅仅一个月，国务院副总理兼国家计委主任邹家华便风尘仆仆地来到二滩。

经过整整一天的实地考察和听取了孙中弼的详细汇报后，邹家华非常明确地说："江总书记来'画龙点睛'了，不管情况怎么样，我们都要想办法把这个项目干起来。即使世行不通过，也一定要干。"

在这一次考察中，邹家华还提出了许多重要的原则和全新的思路。关于资金来源，他主张由国家投资公司和四川省投资公司作为两大股东共同投资，国家从收益中征税。

邹家华同时指出：二滩开发公司则将成为一个新型的、集经营和建设于一体的公司，负责经营，建设，再经营，再建设。公司多渠道筹集资金，不但建设电站，而且要经营电厂，并负责对雅砻江流域进行滚动开发。

展望前程，邹家华兴致勃勃地给二滩挥毫题词：

万山丛中现平湖，二滩电站携繁荣。

1991年7月3日3时，孙中弼在北京临时住处的电话铃声急促地响了起来。睡梦中的孙中弼被惊醒了，他抓起话筒一听，原来是远隔万里之外的世行执董会官员打来的越洋电话，通知他："二滩贷款已经通过了，第一期贷款3.8亿美元……"

激动和欣喜使孙中弼睡意全无，他握着听筒的手久久不愿放开。这个消息，他实在等待得太久太久了。

紧接着，二滩水电开发公司成都办事处收到了世行亚洲地区局副总裁发来的电传：

二滩水电开发公司总经理孙中弼先生：

我高兴地通知您，1991年7月2日世行执董会已批准了二滩水电项目贷款3.8亿元。我和我的同事们期待着在我们的共同努力中继续进行紧密和成功的合作。

7月11日，世界银行第一期贷款正式签字。在邹家华副总理的亲自干预下，国家有关部委以最快的速度办完了各种手续，7月25日，国家计委批准了正式兴建二滩水电站。

1991年9月14日，二滩工程公司正式发布了开工令，30多年纸上的蓝图终于将逐步变成现实。

二滩水电站建设正式开工

1991 年 9 月 14 日，国家正式发布二滩工程开工令。参加二滩水电站的中外建设者们，拉开了建设二滩的序幕。

由于工程规模浩大、技术复杂，主要土建工程实行国际竞争招标，10 多家工程承包公司分别获取了大坝和地下厂房工程标。几大国际性的联营体进驻二滩，开创了我国水利开发史上的第一个国际性联合开发的先例。

在当时，世界各地 43 个国家、600 多位外籍人员参加了二滩建设。在雅砻江边随时都可以看到开着汽车疾驶的、肤色不同的人们，以致被戏称为"多国部队"和"小联合国"。

二滩自列入国家计划起，便成立了二滩水电开发公司，1995 年又按"公司法"的要求改组为二滩水电开发有限责任公司。

成立有限责任公司后，第一任董事长张全为建立公司现代企业制度倾注了大量心血。年近七旬的张全 20 世纪 50 年代毕业于重庆大学水利系，他态度和蔼、思维活跃、作风细致，曾担任过水电部基建司副司长、水电部办公厅主任、国家能源投资公司总经济师。

来到二滩的外国人常说："这里的厂区环境非常好，

世界上的水电工地很少有这么优美的地方。"也有许多人说："我最喜欢攀枝花的气候,世界上很少有这样可爱的气候。"

外国人在称赞二滩的同时,也满怀感慨地说过一句话："我们感到最困难的是语言不通。"

语言是人类交际的工具,但长期的闭关锁国,竟把学习外语也视为异端,再加上汉语与西方国家的语言本就属于不同语系,当二滩一下子出现了一个多国组成的"小联合国"时,语言自然成了一个特别突出的问题。

一位外国工头用英语问中国人:"'我不高兴'怎么说?"

中国人跟他开玩笑,教他学说汉语"我很高兴"4个字。

这位工头一路上念叨着"我很高兴,我很高兴"到了现场。看见工人们正在玩儿,没有干活,便大吼一声:"我很高兴!"工人们一下怔住了,工头一看很得意,又连吼几声:"我很高兴,我很高兴!"工人们轰然大笑了,工头这才明白自己上了当。

澳大利亚工程师肯·格来斯比栗色头发栗色眼睛,留着两撇俏皮的八字胡,40多岁,大高个,十分健壮,经常穿着一套牛仔服,性格豪放而幽默,极像美国西部荒原上的牛仔。

肯·格来斯比和中国的建设者们合作得很好,但中国人也常常友善地跟他搞恶作剧。

有一次，肯·格来斯比问一位中国技术人员："我到舞厅里去请中国女孩子跳舞，应该怎么说?"

中国人告诉他："你应该称赞她长得像个大青蛙，眼睛像青蛙的眼睛，脸庞像青蛙的脸庞……"

肯·格来斯比果然依计而行，当他用不熟练的中国话说出这一连串奇妙的"赞美词"时，其结果自然不难猜到。

在工地过了几年后，肯·格来斯比仍然只会一些简单的中国词组，他常常幽默地把自己闹的笑话告诉别人，感慨着："中国话太难学了!"

来自意大利的一位标制图室负责人强伯里1991年来二滩时也深深感到语言不通的困难。语言不通，在工作上无法配合，更谈不到感情的交流。在他的眼里，黄皮肤的中国人似乎都长着一样的面孔。

而中国人呢，对这个爱唱意大利歌剧、个子不高、戴着眼镜、满头白发却穿着红背心的老头儿也很诧异。强伯里星期天去攀枝花市，人们不但好奇地围观他，似乎把他当成了动物园的珍稀动物，而且还友好地摸摸他的脸庞、他的胳膊，似乎把他当成了"外星人"。

由于语言不通和技术上无法配合，他换了许多助手。用他自己的话就是："换了25个人才找到一个满意的。"

语言不通使中国人同样吃了很多苦头。

民工们来打工，由于语言不通，只得可怜巴巴地求助于翻译们介绍。这样沟通起来就麻烦多了。

来自水电八局、曾担任过大坝混凝土浇筑主管的青年工程师王晖，刚来二滩时由于外语水平不高，和外方老板无法直接沟通，吃过不少的苦头。

由于王晖对工作的建议无法及时反映，正确的施工措施无法及时贯彻，以致最后和外方老板间的隔阂越来越深，两人多次发生争吵，王晖不得不交了辞职报告。

后来，在八局中方经理的协调下，王晖调去主管过木机道。从此，他痛下决心学习外语，甩掉翻译，局面才迅速好转，和外方人员配合得越来越好。

学文学的不懂工程，连电工用的连接板、控制板都翻成了另外一样东西；设备和原材料也弄不清楚，常常不知所云。

为了解开"语言之谜"，在二滩，持久地出现了外国人学中文、中国人学外文的热潮。有人说，全国哪个地方都没有二滩这种"外语热"。

当时，外国人的家里到处都贴上了汉语的日常词组，主人随时随地背诵；中国人更是利用业余时间努力学习英语。

哈札公司咨询专家皮尤的夫人在家里办了一个免费的英语培训班，利用晚上时间对二滩公司的领导们进行培训。皮尤夫人对"学生"们要求十分严格，经理们经常被考问得张口结舌，连出差的路上也得完成作业，回来后还要补课。

一年多以后，经理们的英语水平都大有长进。

为设不设副职一事，一位中方经理曾和外方经理进行过争论。

　　中方经理说："各个部门应该设立副职，一正一副，便于工作。"

　　外方经理说："如果正职的工作副职干得了，那么要这个正职干什么？要是干不了，又要这个副职干什么？"

　　中方经理问："一个人请了假咋办？"

　　外方经理回答说："请了假可以委托别人负责。"

　　最后，这位外国经理甚至说："没有工作时宁肯出钱让人们回家去休假，也不能让他们闲坐在工地上。"他还一再强调："没有事干的职务绝不能设！"并且反问中方："为什么要养活一些不干活而又管人的人？"

　　施工现场常常有发生争论的时候。但是外国公司上级下了命令后下级只能服从，既不允许更改，也不允许问为什么。外国人常说："中国人不听话，随便叫他们干什么，他们都要问几个为什么……"

　　就这方面的问题，中方经理和外方经理也进行过讨论。

　　外方经理回答说："布置工作是上级对下级下命令，下级只能服从，不应该问为什么，也不应该随意修改。"

　　说到这里，这位中方经理笑了："如果上级的意见不正确呢，难道也不应该考虑？你们不民主，是专制！"

　　外方经理也笑了，沉吟一会儿后又说："也许你的说法也有一定道理，如果把你我两种办法结合起来再创造一种新办法，可能会更好一些……"

　　在这样一个大型水电工地同时施工，中方与外方人员，甚至不同国籍的外方人员之间自然就避免不了各种"摩擦"和"碰撞"，并经历了从激烈碰撞到相互信任协作的过程，从而真正使这一世纪工程成了中外水电人共同智慧的结晶。

开凿水电站泄洪洞明挖段

1992 年 3 月，山外正是春光明媚、桃红柳绿的时候，二滩的工地现场却已经进入初夏，阳光一天一天地变得更刺眼了。

当时，二滩工程刚刚开工仅 6 个月，所有的人员都在探索和磨合之中，一标和二标联营体中，中外关系和外国人与外国人之间的关系还没有进入协作的最佳状态，不时会遇到各方面的困难。

一标泄洪洞明挖段和右岸缆索影响区都是极困难的施工阶段。这里山高谷深，没有前期通道，汽车和其他的施工机械都上不到作业面上去。

于是外方经理向中方水电八局领导小心翼翼地提出："你们能不能想办法找一些员工把这一部分工程完成?"

八局的领导干脆地答应了下来。他们考虑到三个方面的原因：

首先，多年来习惯于在艰苦条件下施工的中国水电职工并不畏惧这种工程，中国施工队伍的光荣传统是"有条件要上，没有条件创造条件也要上"。原始的肩扛背驮和"蚂蚁啃骨头"的方式，在这种情况下的确可以解决很多问题。

其次，八局领导经常对大家说："我们在自己的土地上为自己的国家修建电站，无论如何要为中国人争口气。"

另外，八局和其他水电局一样，待岗人员很多，都急于找到活来干，以解决企业和职工们的生存危机。

鉴于这些情况，八局组织了 100 多个工人上了山。首先开辟出一条窄窄的通道，使人们顺利上到作业面。

由于上不去汽车，大家就把四五百斤重的潜孔钻拆成两部分，再用肩扛上去。手风钻和其余的机具也全部是自己扛上去的。

当时，八局的装备非常落后，推土机不是推岩石而是推泥土的，一遇到岩石就发生故障，虽然发动机发出震天动地的响声，但就是寸步难移。

有段时间，推土机天天都出故障，往往正要放炮了，推土机突然不动了，工人们冒着大雨抢修，汗水和雨水湿透了全身，直到最后把机器修好。

来自意大利的工地经理扎伐洛尼到现场考察后不断地摇着头评论："形象进度还可以，只是设备太差，设备太差……"

后来，八局向意大利方租了一台现代化的推土机和一台钻机，设备的状态才有了好转。为了加强对这支队伍的领导，八局调来了年富力强的张怀川担任队长。

张怀川个子不高，敦敦实实，方方的脸上一双眼睛炯炯有神，中专毕业，工人出身。他和中国许多优秀的基层干部一样，一方面能以身作则，带头苦干；一方面关心职工，善于做思想工作。这两个特点使张怀川在职工中很有威信，生产任务总是能圆满地完成。

在右坝肩开挖的紧张时刻，一个农民合同工的妻子由于宫外孕引起了大出血，在医院里抢救。因为失血太多，病人陷入休克，随时都有生命危险。

医院通知，病人急需输血。

张怀川知道后，立即组织了10多名当时工作不是很紧张的职工到医院献血。

一滴滴新鲜的血液流进了这个贫穷农妇的血管里，她终于得救了。

事后，这个农民合同工全家都非常感激张怀川和帮助过他们的工友们。整个施工队的凝聚力和劳动积极性也空前高涨起来。

1994年春天，经过近一年的苦战，泄洪洞进口明挖段和右岸缆索影响区的开挖任务完成了，并创造了人均年产值11万元的二滩最好效益。

良好的敬业精神和顽强拼搏的作风使这支队伍声威大震，以致曾对中国职工的劳动态度颇有微词的外国管理人员，也对这支队伍刮目相看。

扎伐洛尼更向八局明确要求"整体收编"这支施工队。最初八局不愿答应，想把这支能打硬仗的队伍调到别的地方，但精明的扎伐洛尼一方面向二滩开发公司总经理孙中弼反映，请求他出面说情。一方面向远在北京的水电部领导和水电八局局长报告，请求他们出面干预，最后还向八局交了一笔管理费，终于"收编"了这支队伍。

"收编"后，一标联营体的外方人员曾想派几名外国工头去管理这支施工队，但是中方经理善意地提出了警告："也许你们不派人去他们会干得更好。"

于是，这支队伍便成为唯一没有外国工头管理的劳务者，被戏称为一标联营体的"红色根据地"和"独立大队"。他们独立地完成了泄洪洞进口明挖、右坝肩开挖、水垫塘开挖、采石场开挖等许多困难的工程，完成的开挖量占一标开挖任务的60%以上。

后来，队伍当中的一批骨干被八局派往巴基斯坦的水电站。

在水垫塘开挖中也遇到了很多困难，已升任一标施工部副部长的张怀川召开了多次"诸葛亮会"，按联营体的规定，上班时间只能干活，不准开会、不准讨论，这些"诸葛亮会"全在下班后或星期天进行。

职工们常常主动研究到深夜，大家想办法、出主意，群策群力，终于解决了一个又一个难题。

采石场开挖则更具挑战性。这是直接供应大坝混凝土骨料系统的工程。二滩大坝混凝土浇筑之所以能实现稳产高产，能达到世界最高水平，和骨料的供应有很大关系。

1995年9月，"独立大队"进了采石场。过去外国人带队施工时，每月只生产1.4万方，而张怀川带队进入后，第二个月便达到了 3 万方，年底提高到 8.5 万方。1996 年二滩混凝土浇筑进入高峰期，采石场平均每月完成 14 万方，最高达 20 万方，充分满足了工程的需要。

二滩采石场不但要求稳产高产，而且由于场地狭窄，整个采石场是个高边坡，垂直高度达 200 多米，坡度很陡，从下往上看去，陡峭的山岩似乎随时都要垮塌下来，让人胆战心惊。

采石的时候，要把垂直的岩层一层层地剥下来，的确非常危险，也很容易发生事故。

一标外方的施工部长白特尤纳是个开挖方面的内行，在水垫塘施工快结束时，他被意大利方调到别的工地。临走前，白特尤纳专门邀请张怀川到他"欧洲营地"的住处进行了一次恳切的谈话。

白特尤纳告诉张怀川说："我一直在担心采石场，垂直的高坡，高度达 220 米，太危险了。在国外，像这样的采石场都要出问题，都要引起塌方等。南非一个电站的采石场发生了大滑坡，一下子埋进去 80 个人……太可怕了！张先生，你千万要记住，一定要小心，一定要小心！"

张怀川感谢并记住了白特尤纳的忠告，他确实非常小心。为了保证安全生产，采石场成立了专门的安全检查组，随时进行检查、修正和支护，边坡上喷射了混凝土，增加了支护的铆索，还搞了三个岩石移位观察点，随时监视和观察岩石是否发生了裂纹，有无塌方的可能。

由于安全措施到位，在两年多的施工过程中，只有一个工人被击伤肩胛骨，没有发生一次死亡事故。

在这个陡峭的采石场上，八局的职工们为大坝浇筑采下了400多万方优质岩石。整整一座山岩竟被齐刷刷地切去了一半，看上去十分壮观。

张怀川为了提高工效，降低成本，特别是保证质量，他和大家一起讨论后在管理方面采取了许多措施。

降低成本方面，适当调整了爆破孔，做到既不浪费炸药，炸出的岩石大小又适合需要，不用进行二次爆破。

在发挥装运设备潜力方面，规定每台挖掘机每小时要装20车，每台运输车辆每小时要跑8次等，使采石场的每立方毛料成本从8美元降到了3.5美元。

质量方面层层负责，层层设立质量监督员，进行自检自测；然后加上工程师检查、主管工程师检查。进度、消耗、质量还都和奖金挂钩。

施工队的职工们都表示说："这里在建设中国的水电站，我们是这里的主人。"

有关专家后来评价说："'外国现代化管理＋中国的思想工作'是最好的管理模式。"

二滩水电站实现大江截流

1993年11月26日，温暖的雅砻江边仍然阳光明媚，随着晨雾的散去，两岸的山峰更加显出了绿装，妖娆的山花变得婀娜多姿，一辆辆25吨的载重大卡车和平时一样，来来往往地奔驰着，往江中倒着渣石。

从11月11日开始抛渣，算起来，截流施工已经15天了。

为了避免截流中的风险，并尽量降低截流成本，业主采用了外国承包商们的建议，一改过去传统的河床立堵的施工方法，用半个来月时间，从横跨江面的钢桥上，均匀地向河中抛投石砟形成围堰，当平堵提高了水位时，又与立堵相结合。

这种截流方案不需预先准备庞大的混凝土块，不但安全平稳、成功率高，而且大大降低了费用。

11月26日15时29分，大坝在不知不觉中合龙了。

卡车司机张宜新说："我从早晨到下午3时25分，已经运了40多车渣石，但却没有意识到大坝就要合龙了。当我倒完最后一车渣石往后倒车时，看见下面的伙伴在兴奋地示意我快按喇叭，才知道大坝已经合龙了！"

12月初，各大新闻媒体几十家新闻单位的记者们不辞辛苦地赶赴二滩，想实录这个世界级工程，实录在中国水电建设史上具有里程碑地位的电站在截流中人们战天斗地的恢宏场面，但是，他们都失望了：截流已按原计划提前14天完成。

截流后，面对记者们的失望和诘问，二滩水电开发公司总经理孙中弼解释道："对截流时间我们既没有有意提前，也没有有意延后，而是顺其自然地、科学地形成了最佳截流期，因为只有这样才可能取得最好的经济效益，才可以避免一切浪费。"

"二滩截流"在水电行业中传为佳话，它包含着的思维方式和深刻意义，的确值得人们思索和品味。

在人们的印象中，大工程总是"白天一片人，晚上一片灯"，总是和群体性的、巨大的劳动力资源以及明显的政治色彩联系在一起，似乎应该人山人海、号子震天、喇叭高呼、标语四起。

但是，二滩工地的寂静却使所有人感到惊异。

当时，有记者住在工地现场采访，他们曾经多少次在深夜或是黎明，特意打开窗户，侧耳倾听着工地上的动静。

但是，传进大家耳朵里的，只有雅砻江的滔滔水声和公路上汽车的鸣笛，有时，也会听见断断续续的马达声，恍惚如梦境。

这让人们不由得怀疑：难道这就是举世闻名的、规模巨大的二滩水电工地？难道这就是五彩缤纷、热闹非凡、融会着多种语言、多种文化和"多国部队"的二滩？

在二滩工地上，"一片沸腾""热火朝天""轰轰烈烈"等这些常用的描写施工紧张场面的词汇似乎都失去了地位。它是冷静的、有条不紊的，不像一个莽撞的、火爆的、气冲牛斗的小伙子，倒像一个从容镇静、胸有成竹的将军。

这里不存在人海战术，在庞大的机械旁，看不到几个操作人员。月浇筑量达到国际大坝浇筑量最高水平的庞大拌和楼系统，全部由计算机控制运行，从选料、破碎、运输直到搅拌，工作人员竟只有3名。

所有一切似乎都经过精密计算，一切都在计划之中，没有嘈杂的人声，没有呼标语喊口号，没有人山人海齐上阵，当然更没有喝茶聊天甚至打瞌睡的人群。一切的一切都处于良好的控制之中。

中方管理者不由感叹："这正是多年以来中国的建设者们梦寐以求而又难以达到的境界啊！"

和工地相比，办公室里却似乎更热闹些，计算机的屏幕上不断出现新的图案和数字，人们的手指不停地在键盘上敲打，桌上、墙上、书架上到处挂满了报表和图形，外国和中国职员们连走路都是一路小跑带着风。

工程负责人说："正是办公室的忙碌引导了工地的好的秩序，办公室的热闹促成了工地的冷静。"

多年来的艰苦生活以及二滩工程的过度负荷，终于摧毁了孙中弼原本健康的体魄，在心力交瘁中，他的身体状况急剧恶化。

1994 年 6 月，孙中弼被强行送进医院，两次大手术，肺切掉一页，胃切除了三分之一，生命垂危，当他苏醒过来的时候，就又开始关心二滩的建设。

但是，由于孙中弼身体极为虚弱，他主动辞去了公司总经理职务。1995 年，他担任二滩水电开发有限责任公司常务副董事长后，仍带病坚持工作，为二滩电厂组建、运行、上网电价、购销电合同、调度协议努力工作，并为二滩公司的后续工程奔忙。

孙中弼常常感到自己愧对母亲。辛劳一生的母亲，少年丧父，中年丧夫，抚养了儿子又抚养孙子，老年后瘫痪了，但作为长子，他竟无法侍奉晨昏，只有倚重弟弟。

上海电视台摄制了一个电视专题片《建筑大坝的上海人》，片中的主角就是孙中弼。整个专题片中最使人感动的是孙中弼清癯的脸上带着苦笑，眼睛里含着谈起自己的母亲和儿子忧郁和无奈的情景。

儿子常年由奶奶带着，母亲疼爱孙子也娇惯孙子，时间长了，孩子和父亲间的亲情逐渐变得淡漠。孙中弼重病期间，思念瘫痪的母亲，也思念弟弟和儿子。儿子来了，但长久的离别使父子俩几乎变成了陌生人，很长时间以后才重新建立感情的交流和心灵的沟通。

二滩工程公司总经理王音辉平时嘻嘻哈哈，极爱开玩笑。调皮的女儿对他的穿着很有意见，常亲昵地讥笑他："堂堂一个大经理，不愿意穿西装，穿了一件 30 来元的'歪'牛仔服还十分得意，到处对人说：'你看，我年轻多了吧?'"

正如女儿所说，平时王音辉不修边幅，有一次上了主席台，上身穿着夹克，下身是牛仔裤，而脚上却是一双老布鞋。女儿又讥笑他了："爸最喜欢这双布鞋了，什么好鞋都不管，只有这双布鞋老是亲自把它刷洗得干干净净……"

王音辉 1988 年便来到二滩，但儿子和女儿一个在昆明，一个在成都。一遇气候变化，他便要打长途电话去昆明和成都嘱咐两个孩子"注意加衣服"。

有一次，王音辉病了，他打长途电话向女儿诉苦："我病了，躺在医院的病床上，很想你们……"

女儿问："害什么病呢?"

王音辉回答："方便面吃得太多了!"

女儿难过了，也感动了，和丈夫商量后终于从昆明市工商银行调到了二滩，一面上班，一面给爸爸妈妈做饭。

在女儿来到之前，王音辉激动地到处传扬，兴奋地敲开了全楼每一家的房门，满面笑容地告诉每一个人："我的女儿要来二滩了!"

女儿到来之后，王音辉每逢外出开会或接待客人，一到吃饭时间，必然要和女儿通一次电话，除告诉她自己不回去外，还要询问她吃些什么。一听见女儿的声音，王音辉便会马上笑逐颜开。

生产水电站大坝高标号水泥

1994年下半年，二滩电站第一批高标号水泥生产成功，请国家建材局和有关专家来厂鉴定后，又把4吨水泥专程送到北京水泥检测中心，经检测，各项指标完全符合国家标准。二滩水电开发公司把这一情况向一标的承包商通报了。

但是，一标的外国承包商却对北京的检测结果表示怀疑，他们摇摇头说："中国能生产出质量这么好的水泥？"

于是，外商们又把水泥万里迢迢地运到了德国法兰克福的世界水泥检测中心再次进行权威性的检测。

这次检测结果仍然是各项指标十分优良，完全符合国际标准，这大大出乎外商们的意料，渡口水泥厂的名头一下叫响了。

当时，以孙中弼为首的二滩水电开发公司，一方面为了保护国家利益和促进民族工业的发展，另一方面也考虑地处西南四川盆地高山险岭中的二滩电站，交通十分不便，如果不能就近组织原材料供应，就难免会发生停工待料的情况，于是主动要求承担水泥、炸药、粉煤灰、汽油、柴油、木材6种材料的采购供应。

经过深入细致的谈判，世界银行也同意了水电开发公司的建议。

攀枝花市党政领导和有关企业，对供应原材料都十分积极。渡口水泥厂为了生产出合格的大坝水泥，在著名水泥专家李永明的领导下，利用二滩电站投入的1000万元以及预付的水泥款5000万元，再加上中央、省、市筹集的5000万元，引进先进技术，克服各种困难，对工厂进行了扩建和改造，将年产26万吨低标号水泥的中小企业发展成为年产70万吨水泥的骨干企业。

渡口水泥厂为此进行过几十次对比、分析和试验，领导扩建和试制工作的副厂长李永明由于操劳过度，体重急剧下降，有人说他"瘦得像只猴子"，而且他还患了严重的胃溃疡等多种疾病，医生甚至警告他可能会"过劳死"。

为了持之以恒地保证水泥质量，渡口水泥厂不但对忽视质量的各种现象，包括漏检、漏取样等坚决处理，而且对职工们做了许多思想工作。

水泥厂还组织职工们多次到二滩现场参观，请二滩人讲二滩大坝，请孙中弼到工厂讲课等。

孙中弼对大家说："外国承包商始终认为中国的水泥厂质量不可能保持长期稳定，他们随时准备就水泥的质量问题向我们索赔。二滩有几十个国家的人员在参加建设，希望不要因为水泥质量问题影响几十个国家对中国企业的看法。"

孙中弼还详细地向职工们介绍了水泥质量不合格对

大坝产生的各种影响，形象地描述了大坝垮塌产生的严重后果。

当职工们听到"大坝一旦决口，整个攀枝花市将被淹没"时，所有人都惊呆了。

于是，在各项指标达到国际标准后，渡口水泥厂还继续进行实验和改进，使大坝水泥质量始终保持稳定。

雨季的时候，作为原料的石灰石上沾了许多泥土，很难清洗，工厂又没有洗矿石的设备，于是便动员全厂职工冒雨上山捡石头，一面捡一面用双手把石灰石上的泥土清洗干净。整整一个雨季，从厂长到看大门的工人都自带干粮上山。

李永明说："可以想象，在巍峨的混凝土筑成的大坝中，竟印满了渡口水泥厂职工们双手留下的指纹！"

1996 年 5 月，为了赶回曾经被耽误了的几个月工期，二滩加快了大坝的混凝土浇筑速度，负责供应粉煤灰的攀枝花 502 电厂无力满足需要了。

5 月 18 日，二滩水电开发公司向四川省和攀枝花市有关部门就粉煤灰供应问题递交了《紧急报告》和《紧急请示》。

攀枝花市副市长吴登昌接到报告后，他立即批示了"务必保证"四个字。

仅仅过了一天，市经委便在河门口电厂召开了有关部门参加的现场协调会，确定河门口电厂继 502 电厂之后也为二滩提供粉煤灰，请省电力局、省电力调度局在电网的负荷上给予支持。

由于生产粉煤灰需要大量高灰分低质煤，煤的问题由攀枝花矿务局、市煤管局负责供应。

5月23日，二滩再度告急。吴登昌亲自主持会议并下了"死命令"，责令各个单位必须用"纪律保证"，局部服从全局，生产、运输各个环节都实行责任制，领导亲自负责，出了问题要追究领导责任。

5月27日，攀枝花还以市政府名义向省政府写了《紧急请示》，要求对河门口电厂调整负荷给以支持。

5月28日，四川省电力局召开了专题会，研究二滩的粉煤灰供应问题，会后发了《通知》，明确河门口电厂必须保证粉煤灰的供给，以日供灰量来确定电厂负荷，必要时省上甚至可以牺牲主电网的部分效益进行支持。

粉煤灰的供应问题终于解决了。

二滩电站在整个建设期间，没有发生过由于原材料供应问题而造成承包商向业主索赔的情况，在关键时刻，依靠各级政府和各生产厂家的共同努力，各种原材料都保证了供应。

进行水电站大坝混凝土浇筑

1996 年和 1997 年，二滩大坝混凝土浇筑强度连续创造国内新纪录并达到国际先进水平。

但是，二滩并没有大肆张扬，一切都在平静中开始，又在平静中结束。

如果按传统的机制进行建设，装机容量达 330 万千瓦的二滩电站，需要 12 年 5 个月才能建成，施工队伍在高峰期也会达到数万人。

但在二滩电站，当时工期只需 10 年左右，施工队伍高峰期也只有 6000 来人。

这里聚集着许多国际一流的王牌产品，它们来自美国、瑞士、德国、奥地利等各个国家。设备维修制度也异常科学而严格，任何人不准拼设备，到时候必须进行检修。

一位专家到二滩考察后颇有感慨，他说："我跑了大半个地球，看到的先进机械还没有一个二滩多，而且二滩不对人限制和保密，你可以看个够。"

二滩人说："我们购买设备时不是选择最先进的，而是选择最适合的。因为这样既可以控制成本，又可以充分满足工程的需要。"

由于刻意在宣传上保持低调，尽管成绩巨大，但自认为"不足为外人道"，因此 1996 年二滩几乎淡出了新闻媒体的视线。

但就是在 1996 年这一年，二滩仅大坝混凝土的浇筑量便达 150 多万立方米，各部位的总浇筑量为 211 万立方米，而除二滩外，全国水电行业一共才有 120 多万立方米！

这里没有拼设备、拼人力的阶段性突击，在平静和井然有序中，纪录不断地被悄然刷新，并创造了混凝土浇筑强度的世界水平。

二滩开发公司和四川二滩国际工程咨询有限责任公司联合研制出了"大坝浇筑施工模拟系统"和计算机软件，只需几分钟时间，便可以准确地找出影响大坝建筑的关键问题，并提出新的对策。

二滩电站大坝混凝土浇筑是整个工程中施工量最大的项目。由于应力很大，对混凝土的强度要求也很高，因而对水泥的质量要求也十分严格。

修建一般的大楼只需 300 号的水泥，而二滩大坝的水泥是 500 号，渡口水泥厂为此进行了专门的技术改造，保证了这一标准。

大坝要求快速施工，598 万多方混凝土要在 39 个月浇成，因此对混凝土的配合比和温度控制也十分严格。配合比全部由计算机控制，出机温度始终保持在摄氏 9 度，这在国内、国外都是先进水平。

施工技术和施工设备也是先进的，他们在国内首次使用了德国 PWH 公司设计并提供的爬坡式中速缆机、冷却水管用聚乙烯管代替钢管等。接缝灌浆技术使用了国际最简单、最有效的水平灌浆槽面出浆与球面键槽，大大地提高了质量和施工效率，并降低了成本。

就连模板也是从专业模板公司采购的。国际著名的尼尼微模板公司专门为二滩工程设计了全套模板。

因此，整个大坝从外观到内在质量都十分好，240 米高的双曲拱坝竟没有一条贯穿性的裂缝。

美国哈札公司副总裁、世界著名坝工专家叶昶华曾赞赏道："二滩大坝质量确实很好。"

电力部专家组在《二滩水电站工程质量调查报告》中也写道：

> 砼（混凝土）的内在和外观质量都是非常令人满意的，是国内已建工程中所未能达到的……

通过二滩电站，中国建造大坝的水平进入了世界先进行列。

尤其出乎专家和工程师们想象的是，这里有安排得十分巧妙、十分紧凑的料场和砂石骨料生产系统，这是又一个世界水平。

由于大坝的混凝土需要大量砂石和水泥配合，因此砂石骨料系统被称为混凝土浇筑工程的"龙头"，我国的水电工程一般开工之始便要开辟出一个占地几百亩的大型料场，上面堆积着小山一样的至少可供一个月使用的砂石。

而二滩水电站的施工现场却在狭窄的雅砻江河谷之中，两岸山坡陡峭、场地窄小，怎样合理地布置庞大的砂石加工设备系统，便成为一个重要的问题。

一标联营体的工程技术人员发挥自己的想象力和创造力，成功地解决了这个难题。

工程技术人员在左岸的边坡上布置了一个采石场，坚硬的山岩被劈开了，为了防止塌方，山岩边用了许多锚索支护。工地上人很少，只听见装载机和挖掘机轰鸣。随着机器的轰鸣声，岩石被一层层地劈下了。

装载机和自卸汽车把岩石运到集料口，料石沿着边坡溜到集料平台，并进入与平台相连的颚式破碎机。国内的砂石加工系统一般只进行 3 次破碎，而这里却进行了 5 次，对提高混凝土质量十分有利。

整个砂石加工系统全部布置在坡度 35 度至 45 度、高程 1200 米至 1300 米的左坝肩上方。传统的、巨大的露天料场没有了，也没有长长的皮带运输。

整个布局地面与地下结合，在地下山坡的岩体内开辟了 10 个巨大的竖井式储料罐，储存半成品和成品。由于这些竖井全嵌在山体里，因此在外面根本看不见它们。就连输送带也隐藏在地下隧道里。

楼房一样高耸着的破碎系统依山傍水，面对着绿色的雅砻江。各种各样的破碎机既紧凑又干净，全部由计算机控制，破碎、清洗、脱水自动完成，不合乎要求的粗砂还会被自动退回。

许多搞了一辈子砂石料的中国技术人员参观后，也都不由得感叹："从来没有见过这么先进的设备！"

砂石料五级粉碎后经过冷却、脱水，再进入拌和楼，与水泥、粉煤灰拌和后成为低温混凝土，然后倒入混凝土罐，通过缆机，运送到浇筑的仓面上。

这种地面与地下结合、半封闭的立体交叉系统，既解决了峡谷中施工场地狭窄的问题，也便于保持砂石骨料的温度和洁净，对混凝土浇筑的稳产高产十分有利。

二滩使用的这种拌和系统在亚洲还是第一次。而采石、碎石等技术在全世界也是第一次使用。

同时，二滩建成了庞大的地下洞室群。

人们从交通洞进入地下厂房，往左拐，首先便可以看见庞大的尾水调压室、主变电峒室，再往前走便是主厂房峒室，中间有 6 个洞连接着这 3 个平行的、巨大的峒室。

主变电峒室安装着 19 台特大型超高压变压器，水轮发电机发出的电流经过这里升高电压后再通过地下的超高压电缆输送到地面的开关站。

主厂房规模更加宏伟，6 台巨大的水轮发电机组就安装在这里。峒室上空是穹隆形的，宛如黑色的天幕，施工用的行车在穹隆间架起了一座桥梁，几十盏探照灯的光柱和电焊的弧光交相辉映，给峒室涂上了梦幻般的色彩。

峒室上，6 条直径 9 米的进水钢管全部嵌在岩体里，连接着水轮发电机的蜗壳。水流带着巨大的能量通过这里，冲击着叶轮，叶轮高速旋转着，于是产生了强大的电流。

地下厂房开挖时，也曾采用了许多新技术，几乎世界上所有先进的开挖方式都被用上了。依照惯例，"洞"越大越难设计，越难施工。二滩地下厂房的"洞"居全国第一、世界第四，而且处于高地应力区，施工中极易引发剧烈的岩爆和垮塌。

当时国内不少专家都认为，建成这样大的地下厂房根本不可能。

在开挖的时候，由于破坏了岩石内部的平衡，便发生了多次可怕的岩爆。而且挖得越深，地应力越大，岩爆便越多。

在静寂的工地上，人们可以听见岩石内部在发生爆裂的声音，响声十分清脆，一会儿大一会儿小，有时竟像排炮一样发出连续的轰鸣。

一次最大的岩爆，波及周围几十米，崩塌的岩石厚度竟有 3 米。德国公司的一位总工长在岩爆时被砸在下面殉职了。

岩爆发生后，二标的承包商采取了网喷混凝土、喷钢纤维混凝土、加锚索、锚网、钢拱架等多种方式支护。

施工与移民

这种办法当时在欧洲已有 20 年历史，但在中国还属于先进的技术。

在导流洞、泄洪洞的浇筑中，使用了先进的钢模台车，各种专门设计的钢筋台车、底拱台车、顶拱台车、灌浆台车等大显威风，为施工带来了很大方便，也大大提高了工效。

在地下厂房顶部用波纹钢板代替了国内过去使用的混凝土预制板，取消了吊顶，既保证了安全又加快了进度，而且十分美观。

水电工作者们居无定所，他们长期以来从一个工地转战到另一个工地，两个木箱就是全部家当。20 世纪 80 年代以后开始搞基地，但由于资金紧张，基地也只是解决了极少一部分人的问题。

当时，从葛洲坝集团公司来到二滩担任翻译的张晓红、马玉珠和所有的母亲一样，总是苦苦地想着年幼的孩子。

每次休假回家后，孩子便寸步不离地跟着妈妈，小嘴不停地向妈妈诉说着许多家里的"小秘密"。晚上睡觉也蜷曲在妈妈怀里，睡梦中常常被惊醒，以为妈妈又要走了。

确实，妈妈又要离开了，又要去那很远很远的工地上，于是好几天以前，孩子便常常眼泪汪汪地看着妈妈，缠着妈妈。

终于到了离别的那一天，孩子和爸爸一起擦着眼泪来到长江边，再一次用小手抚摸着妈妈的面庞，再一次用小嘴亲亲妈妈，依依不舍地松开妈妈的衣襟，送妈妈上了船。

船开了，孩子又让爸爸骑着自行车载着他，飞快地赶到前面的船闸边，为的是轮船在船闸边停留时，可以远远地再一次看到妈妈模糊的面容。

最后，船终于开走了，越来越远了，但是很久很久，妈妈还可以看见岸边孩子伫立着的小小的身影……

紧急调运电站使用的变压器

1996 年 8 月 13 日 11 时，随着一阵急促的电话铃声，远居西南崇山峻岭中的二滩电站向首都北京告急。

原来，在紧张的施工中，由于意外事故，承担骨料生产、混凝土拌和、冷却系统和大坝浇筑供电的两台意大利进口变压器被突然烧毁，施工被迫全部停顿。烈日照射下原本生气勃勃的整个工地，顿时陷入瘫痪，显得死气沉沉。

业主和承包商都知道这件事的严重性。停产一天就意味着大坝少浇混凝土 7000 立方米。而晚一天发电，直接经济损失就达 3000 万元，晚一年发电，直接经济损失将达百亿元之巨。

这一连串巨大的数字，像塌方中的岩石一样，沉重地砸在人们的心头上。

事故的责任完全在于外方承包商。由于这两台变压器是一标的意大利承包商从国外购进的，因此型号和参数都很特别，在中国很难买到。如果再从国外进口，路途遥远加上办理各种手续，最快也得两个月。

浇筑大坝是以日、时、分、秒计算的工程，拖期两个月将造成什么样的后果，一标的意大利承包商完全明白，因此他们也焦急万分。

在这紧急时刻，业主二滩开发公司挺身而出，表现出了东方人的大度风格。他们没有忙于指责外方、追究责任，而是以大局为重，首先抓紧时间来寻找解决的办法。

整个公司都行动起来，人人都努力寻找自己的关系，在那几天，几乎全国所有的变压器厂都接到了来自二滩的电话。最后终于知道了北京变压器厂恰好刚刚生产出两台同一型号变压器，供出口用。

经过电话上的紧急磋商，北京变压器厂慨然应允先将这两台变压器供应二滩，以解燃眉之急。

但是，两台变压器各重9吨，长宽高都属于超大件，公路运输由于迢迢万里，沿途山高路险，不但很不安全，而且时间得十几天；铁路运输安全一些，但拨车皮、排计划，起码得一个月；最理想的办法是空运。

然而，经过联系后，民航方面回答："我们没有能运载超大件的大型货运机……"

刘俊峰接任二滩水电开发公司总经理不到一年，当时，他已经在电话边守候很长时间了，炎热的气候和过分的焦急使他嗓音变得嘶哑，额头和鼻尖上满是汗珠。万般无奈中他拿起话筒再次拨通了电力部和国家开发投资公司的电话，请求能否让空军支援。

当天14时30分，在电力部的支持下，国家开发投资公司和二滩水电开发公司驻京联络处的工作人员，来到了神秘的空军司令部。

当时，作战部参谋刘剑波已经在办公室里等候他们了。

刘剑波仔细听完他们的介绍和请求后，立即用电话向司令部首长作了汇报。

经过紧急研究后，空军司令部决定：急国家重点工程所急，立即从湖北某部调动一架"伊尔－76"大型军用运输机赶赴北京执行运送变压器的紧急任务。

空军司令部像以往执行抗洪救灾等紧急任务时一样，不打官腔、不讲条件、不讲价钱，免除了一切繁杂的呈报手续，仅仅30分钟，便把指令下达给了十几个部门。

气象台预报，18时30分有夏季常见的雷阵雨，刘剑波和作战处三位军人就像往常接受军事任务一样，一刻也没有离开过岗位。他们密切地注视着飞机的航线，随时测距离、查云图，通过电话及时和机场、塔台联系，对每一个环节、每一个可能出现的问题都进行了周密部署。

17时50分，经过专机机组人员的共同努力，"伊尔－76"降落在北京南苑军用机场。

当时，北京变压器厂的职工们都没有下班，他们在耐心而又焦急地等待着军用运输机的来临。当厂长告诉他们飞机已到南苑机场，下令封车起运时，许多工人欢呼起来。

大家立即行动，十几名工人自愿冒着酷暑跟车装机，两名工程技术人员主动提出愿意随机押运，他们说："把自己生产的变压器亲自安装在举世瞩目的二滩电站工地上，尽快完成调试，正式投入生产，代替进口产品，长长中国的志气。"

19时整，变压器运到了南苑机场。

虽然又热又渴，但自到北京后，机组人员没有喝一杯水、没吃一口饭便开始加油、检查飞机情况并进行起吊准备。由于事出仓促，变压器来不及进行外包装便出了厂，起吊时必须十分小心。

为了保证飞机和变压器的安全，机组多次调整了起吊方案，终于把两台变压器稳妥地装上了飞机。

但这时，忙碌的人们突然想起，在纷乱和焦急中竟忘了一件大事：变压器没有办安检手续便上了飞机，这时如果没有国家政府机关保卫部门出示有效的安全证件，飞机绝对不可能起飞。

当时已经是深夜了，地上是万家灯火，夜空里星月无光，机关、政府早已下了班，大家都着急了："找谁来办理这个要命的证件呢？"

二滩驻京联络处的工作人员又想起了国家开发投资公司的总经理王文泽，于是电话急速地打到了王文泽家里。

王文泽接到电话后，他二话没说便连夜坐着汽车出去敲开了电力部领导和有关部门负责人的家门。在他们的大力支持下，当夜便破例地办完了一切应有的手续。

第二天一大早，王文泽亲自赶到了机场，把保卫部门的安检证明交到工作人员手上。

14日7时50分，"伊尔－76"腾空而起，飞向蓝天，向二滩飞去。

空军部队为二滩紧急运送变压器的消息，不仅使二滩施工现场惊喜交集，欢庆鼓舞，而且也惊动了被誉为"东方休斯敦"的中国航天城西昌市。

由于攀枝花市没有飞机场，变压器只能空运到西昌后，再由西昌转运到二滩。

四川省凉山彝族自治州得知8月14日飞机将紧急运送变压器到西昌的消息后，州长马开明立即亲自指示各有关部门专门安排人员设备做好接送工作，并委派州政府副秘书长吴大金与民航西昌站取得联系，尽一切可能在人力、物力各方面进行准备，尽快将变压器运到工地。

10时30分，随着一阵强烈的呼啸声，军用运输机越过千山万水安全降落在西昌机场。

早就等候在那里的工作人员立即紧张地卸货起吊，重新装车。装好车后便冒着炎炎烈日火速向二滩工地急驶。

大型运输车在崎岖的山区公路上冲上危岩，越过峡谷，经过300多公里的急行，当天24时，终于到达了在焦急盼望中的工地。

工地上一片欢呼，一向宁静的二滩工地竟出现了难得一见的热闹场面。

8月15日凌晨，在怡人的晨风和晶莹的星光中，施工现场传出喜讯，仅仅用了两小时 30 分，新到的变压器便安装调试完毕，紧接着便投入了紧张的运行。

施工现场重新恢复了活力，沮丧的外方人员重新变得兴高采烈，瘫痪了的骨料生产、混凝土搅拌系统重新欢快地高速运转，大坝上空的缆车运来一罐又一罐混凝土，在人们的赞叹中，大坝迅速升高、升高，在丽日蓝天下，巍然屹立起来。

这个完满的结果感动了许多人。

中国人自豪地说："一方有难，八方支援，这就是我们社会主义的优越性！"

意大利英波吉诺公司驻京办事处的外方人员仿佛听见了令人难以相信的"东方神话"：中国的军用飞机居然会翱翔千里，急急地为一个水电工程专门运送两台变压器，而且还不用交支票或押金！他们说："过去在电影里看到中国军队抗灾抢险的镜头，我们还半信半疑，总认为是一种宣传。现在才明白了，中国军队真好，我们心里太激动、太感谢了！"

意大利经理扎伐洛尼心里明白，是业主和中国的军队、中国的人民帮助他解决了一个极大的难题，否则，严厉的英波吉诺公司总裁必将认真追究他和下属们的责任。

同时，扎伐洛尼从这件事里，也对东方"发挥集体力量"的哲学再一次进行了思考。他明白，东方这个古老的国家和古老的民族一旦觉悟，必将奔涌出让人难以估计的力量。

修建二滩盐边移民新县城

从 1998 年 5 月 1 日起，为了保证二滩水电站 8 月份按时发电，二滩大坝前的水库开始下闸蓄水了。

雅砻江绿色的江水被巍峨的大坝拦腰切断，奔腾的江水被迫放慢了脚步，水面缓缓地上升，淹没了两岸的荒山坡，淹没了河谷边肥沃的稻田和翠绿的果树，也淹没了有 2500 多年历史的盐边县城。

建设水电站，绝大多数要涉及移民问题。如何解决移民问题，历来是水电建设中的"老大难"，二滩也不例外。盐边县搞移民工作的干部说过这样一句话："有人认为，计划生育是天下第一难；实际上，天下第一难的是农村移民搬迁。这件事太难了！"

古老的盐边县战国时名叫大笮县，由于地处盐源县的边缘，后改名盐边。元朝时设盐边府，明朝时设盐边厅，民国初年设盐边县。这个地处边远山区的小城，经历了历史上的许多沧桑巨变。

据说，诸葛亮《前出师表》中"五月渡泸，深入不毛"这句表白就是攀西历史渊源的旁证，其中也包括了盐边县。当地的许多老百姓还传说诸葛亮就是在这里摆开战场"七擒孟获"。

但是，小小的盐边县城由于地处边远山区，交通上的限制很大，明代以后终于逐步衰落，与外界往来逐步减少。

尽管如此，由于盐边县河谷地带在惠民河、永兴河、新坪河的环绕之中，土地肥沃，农产品丰富，因此大多数人都有自给自足的小农意识。

这里既无天灾人祸，多年来又少受各种战乱的影响，即使50年代末至60年代初的"三年自然灾害时期"，粮食也自给有余，甚至还能运粮到汉源救灾，于是便形成了一种闭关自守，自我感觉良好，缺乏商品意识的观念形态。

当地许多老百姓宛如身处"世外桃源"，穿着朴素简单，生活懒散自在，男女老少怡然自乐。

为了今后的发展，人类不得不做出牺牲，二滩电站的修建给盐边县带来了强烈的冲击。18万人口的盐边县，迁建人口达3万多，县领导认为，二滩移民既是剧烈的阵痛，又是希望的洗礼，机遇与挑战同在，困难与希望并存。

自1982年电站进入前期地质勘探工作后，盐边县城的基建和户口等便被全面"冻结"。改革开放给许多落后的边远地区带来了新的发展机遇，但处于"冻结"中的盐边县却只能在二十世纪六七十年代的水平中徘徊。

整个县城基本都是木板房和干打垒的土墙，只有屈指可数的几栋框架结构。甚至许多单位连厕所都没有，全县一共只有六七个公共厕所，上班的工作人员还得跑出单位和不上班的居民一起去挤这些公共厕所。

全城只有一家饭店，县城里的道路也十分狭窄，到处坑坑洼洼。整个县城仿佛一个落后的、没有开发的乡场。它太小太小了，人们常说："在城里这头摔一跤，到那头拣帽子""哪家炒回锅肉，全城都要闻到香"。

世界银行对二滩的环保移民问题十分关注，不但成立了专门的环保移民小组，而且每年要到二滩进行考察和咨询。小组由三个人组成，一位是挪威人类学教授，一位是美国人类学教授，还有一位是四川省移民办公室副主任。

二滩移民地区包括攀枝花市的盐边、米易两县和凉山州的盐源、德昌、西昌三县市及其所属的 32 个乡、71 个村，淹没耕地 3.27 万余亩，涉及人口 4.2 万余人，同时还要搬迁盐边县城和乡级集镇 7 个，改建公路 340 余公里。

二滩水电开发公司对移民工作是十分重视的。总经理刘俊峰曾作了一个形象的比喻，他把"工程建设、电厂筹建、移民搬迁、输变电线路建设"比作二滩水电工程的"四个轮子"，"四个轮子"中任何一个出了问题，都会影响二滩工程胜利完成。

移民搬迁任务最重的攀枝花市，把二滩水电站的库区移民提高到"战略任务"的高度，由市委书记、市长亲自负责。早在 1987 年就成立了攀枝花市移民办公室和支援二滩建设办公室；1992 年又成立了攀枝花市移民局。

自 1991 年以来，移民局局长孙振民就一直在移民第一线奔忙，亲自到现场解决移民中的"老大难"问题。

攀枝花市委、市政府领导认为：

> 二滩电站建设关系着国家形象和全省经济建设，必须本着对历史负责、对国家负责、对人民负责的使命感和责任感，组织动员全市人民，千方百计克服困难，坚决完成移民搬迁任务，确保二滩电站如期发电。

自 1992 年以来，全市召开了 5 次移民工作会议。宣传部门、报刊、电台、电视台对二滩工程和移民工作展开了声势浩大的宣传。1995 年，市委、市政府决定：

> 为确保移民工作的完成，在今后的三年时间里，把移民搬迁任务分成三个战役来打，一年一个战役。

自 1992 年起，世界银行每年都要派出"环保、移民"特咨团和移民检查团到现场检查。不但要检查移民机构、移民规划及概算，而且要检查移民工作进展情况及移民搬迁后的生产、生活情况。

二滩开发公司应世界银行的要求，委托四川省移民开发中心对移民工作进行监测评估，每季度提出一次监测表，每半年要提出一个监评报告。

为了更准确、更真实地了解移民搬迁前后的收入变化，世界银行的移民检查团还选择了550户移民进行跟踪对比调查，挪威和美国专家们一起深入到这些移民家里掌握第一手材料，并向世界银行反馈，使世界银行便于对移民工作进行监督、指导和调控。

二滩水电开发公司拿出20多亿元人民币帮助攀枝花进行开发性移民，其中用于盐边县的大约有12亿。

1995年3月，新县城开始奠基了，仅仅用了两年零4个月，一座崭新的县城便在成昆铁路线上的桐子林车站旁，和二滩开发公司一墙之隔的地方出现了。

在新县城的选址上，曾展开过激烈的争论。一部分人主张到惠民、新坪、渔门等集镇附近，不脱离县内中北部的农村，以便进行管理、指导和各种扶持。另一部分人则坚决主张从山区走出来，走到信息灵通、交通方便的地方，以便今后取得更快的发展。

持后一种观点的人还以北京为例，说北京是中国的首都，但从地域上看来，却并不在中国的中心。

最终，后一种观点取得了胜利，盐边新城距攀枝花市仅30公里，距二滩大坝17公里，距桐子林火车站1公里。正在成昆线和108国道的主轴线上，成昆铁路和新城擦肩而过，108国道绕城而去，过去县里没有一个火车站，新城却有三个，交通情况确实大大改善。

这是一座漂亮的县城，建筑面积共50多万平方米，一幢幢造型别致的高楼拔地而起，各种颜色的房顶在蓝天的衬托下，显得更加美丽。宽阔的大道，别致的街灯，美丽的花坛，处处透出现代城市的意味，和破烂的旧县城形成更加强烈的对比。

新县城的建成，大大改善了县城人民的居住条件。漂亮的居民小区里，明亮宽敞、便于居住的各种住宅巍然矗立，全县人平均居住面积达 15 平方米，房改一步到位。

入夜，人们在新县城的街道上散步时，漂亮的街灯和天上的星月相互辉映，美丽的小城披上了夜幕的轻纱，在群山的呵护下，宛如神秘的仙宫。

在建设新县城的同时，盐边县还建立了两个工业区，3 个集镇，4 个变电站，5 个骨干企业，六大水利工程。此外，还修筑了环湖公路 108 公里，开通了 7000 门程控电话，使用了光纤通信。

古老的盐边县正以崭新的面貌进入 21 世纪。

盐边顺利实现移民安置

1993 年春天，雅砻江边林木一片葱茏，山花烂漫，茂密的甘蔗林边，菜畦里的一片片蔬菜青翠得像浸透了雅砻江绿色的江水。铁干红花的攀枝花开得热烈奔放，映着湛蓝的天空，仿佛一团团在山野里飞舞的火焰，天地间充满了春的气息。

为了保证二滩按时截流，首批移民将搬迁到新的安置区居住了。

盐边县领导特别安排了隆重的欢送和欢迎仪式，古老的山村里锣鼓喧天，彩旗飘扬，口号阵阵，小学生们载歌载舞列队欢迎。

移民从来没有享受过这种殊荣，但是他们并没有感到太多兴奋和喜悦，对未来的迷惘和忐忑像一块巨大的磐石紧紧地压在他们的心头。

他们环顾着世世代代居住的熟悉的土坯小屋，环顾着房前屋后那一棵棵正在开花的果树，眺望着河谷里黑油油的土地和葱绿的秧苗，多少往事浮上心头：

这是祖先们流着血、流着汗开垦的土地啊！每一棵果树似乎都留下了一个艰辛而令人感动的故事，每一间农家小屋都留下了祖先们充满血汗的创业史。

移民近乎呆滞的表情变得严峻了。阳光和风沙在他们黧黑的面庞刻下了深深的皱纹，恐惧、忧虑和悲伤使这些皱纹变得像刀砍斧斫一样的清晰。

移民罗登发代表大家发言，这位文化程度不高的庄稼汉竟说出了充满诗意的话语："告别了，父老乡亲们！为了支援国家建设，我们要离开祖祖辈辈居住的地方，离开各位父老乡亲，离开熟悉的故乡，搬到一个陌生的地方去了……"

说到这里，这个粗犷的庄稼汉竟然伸出自己青筋暴露的大手，在脸上使劲抹了一下，似乎要抹去自己的悲伤，也似乎在抹去突然涌出的泪水。

会场里响起一片哭声，安排移民的县领导们也鼻子发酸，眼里溢满了泪水。

全县第一个开发的安置点是渔门乡地母庙，这是渔门镇三村党支部书记杨登礼带头创造的典型。

杨登礼是一个老党员，由于患过严重的胃病导致穿孔，因此身体十分瘦弱。但是这个爱动脑筋的杨登礼长期以来却在为盐边的未来担心：为什么在热闹的桐子林火车站经商的全是外地人？为什么修环湖公路本地人嫌工资低、活路重不愿干，而外地的能工巧匠却大量涌入？

二滩电站动工了，杨登礼一直关注着工地的动向，也曾亲自到工地参观。那些庞大的、从未见过也叫不出名字的现代化机械使他赞叹不已。

杨登礼听说"老外"们强化训练农民，几个月甚至半个月就可以把一个只会种地的农民变成一个熟练工人，他更是惊异之余又佩服得五体投地。

杨登礼暗暗计算着二滩的发电量和它带来的经济效益，当那以"百亿元人民币"为单位的巨大数字出现时，他真正被震惊了。

县领导开始动员库区村民搬迁了，乡党委书记想找个带头搬迁的突破口，找了几个村都不答应，后来找到了杨登礼，杨登礼爽快地答应了。

杨登礼参加完农村移民搬迁工作会议后，便坐在家门前的果树下陷入了沉思。微风吹来一阵阵稻田的清香，拳头大的柑橘累累地挂满枝头，几只小鸟叽叽喳喳地在树丛中鸣叫，忽地又展翅飞去，于是，雅砻江的涛声听得更加清晰了。

对于搬迁，杨登礼早就有思想准备，但现在真的要落实了，他又觉得千头万绪，心里有一种说不出的滋味。

祖祖辈辈到底在这雅砻江边住了多少年，杨登礼已经算不清楚。他只记得，从他还在母亲的怀中吃奶时，已经听惯了雅砻江的涛声，看惯了门外的青山绿水……

小屋面临倒塌的时候，杨登礼曾经亲自翻修，院子周围的芭蕉、柑橘、木瓜和杧果是他一棵一棵亲自栽种的，它们像他的孩子一样，深深地懂得碧绿的叶片和累累的果实中，包含着多少希望和多少艰辛。

而那肥沃的稻田又帮助人们渡过了一次又一次难关。在水稻扬花的季节，杨登礼常常久久地坐在田埂上，闻着那醉人的禾香，听着青蛙和蝈蝈的叫声，真是听也听不完，看也看不够！

太阳慢慢向山坡那边滑去，夕阳把天边染出了一片灿烂的晚霞，群山慢慢地隐没在黛色之中，只留下了深青色的身影，天际出现了第一颗明亮的星星。

杨登礼终于控制住了自己的惆怅和悲伤，他明白，在这关键时刻，作为农村基层的党支部书记，他应该做些什么。

从此，杨登礼瘦弱的身影便出没在全村300多户一户又一户村民的家中。用真诚而实在的话语向村民们宣传二滩工程的意义，宣传"国家，国家，有国才有家""有大家才有小家"的道理，分析二滩的建设给盐边带来的发展机遇，动员大家理解国家困难，支援国家建设。

杨登礼不但口头上进行宣传，他还以身作则，时时处处作出榜样。新的居民点形成后，他不但向村民们宣传"早搬早富早稳定"的道理，而且带头第一个推倒了自己祖祖辈辈居住的老屋。

在杨登礼的带动下，全村7个共产党员个个都起了模范带头作用，全部带头先搬。

划新居民点的宅基时，谁离路近一点，谁离路远一点；谁在坡下，谁在坡上，又是一个难题，村民们争执不下。

于是杨登礼表了态："请全村的父老乡亲先挑，剩下的归我！"

杨登礼说到做到，他选的一块宅基被别的村民看上了，他马上让给别人，直到全村300多户村民选完宅基后，他才最后确定自己住宅建造的地方。

在杨登礼的带动下，原本不愿搬迁的村民搬迁得十分迅速，在全县25个后靠居民点中，这一个居民点首先形成。

很快，渔门乡地母庙就出现了社会主义新农村的雏形。一条5米宽的水泥大道从村中通过，路旁移民们新建的住房漂亮而别致，水、电通到了每家每户。

移民在房前屋后开始栽种林木和果树，幼小的树苗在阳光下展露新绿。移民开始了艰苦的第二次创业，使生活水平逐步实现全面提高，在这片新开垦的土地上真正做到安居乐业。

盐边县农迁指挥部组织大批乡、村、社基层干部和移民们到渔门乡地母庙参观，还有许多移民是自己走来考察的。地母庙安置点的成功，带动了全县安置点的形成。于是全县25个后靠安置点先后出现了。

安置区初具规模后，盐边县组织移民区的乡、村、社干部和部分移民共200多人到二滩大坝和红格参观。四川省移民办、攀枝花市移民局和盐边县领导都参加了这次参观活动。

移民来到巍峨的二滩大坝前，这些世世代代居住在山村里的农民，被二滩电站宏伟的规模和雄壮的风姿彻底征服了。

他们在惊奇之余，不住地"啧啧"赞叹。当听到二滩开发公司的工作人员喊出"感谢移民们的支持"时，这些善良的移民心里忽然感到了羞愧。

在那一刻，他们竟忘记了自身所有的困难和不幸，黧黑的面庞露出了纯朴的笑容，他们说："大坝都修了这么高了，再不搬，真要水撵人了……"他们安慰着自己："刚搬过去心里会有些不适应，但过一段时间也就好了……而且还有县里的支持……"

县领导们又因势利导，从住房、交通、饮水等各方面进行对比。

搬迁前，他们的住房绝大部分是土木结构，狭窄低矮。搬迁后绝大部分变成了砖混结构或砖木结构，雪白的墙壁，漂亮的小青瓦，有人还修建了小巧的楼房。

搬迁前，家门前只有弯弯曲曲的羊肠小道，一遇下雨天，家里到处漏雨，走出门去两脚稀泥，想赶汽车，要走很远很远。搬迁后，平平展展的马路通到家家户户的大门前，再不用为"出门难"发愁了。

搬迁前，只能饮用田沟或堰塘里的水，极不卫生。搬迁后却饮用上了自来水。

县领导们还向移民宣传未来的发展远景：随着二滩工程的完成，库区将形成巨大的湖泊，湖边的盐边新城和库区两岸都将处在青山绿水如诗如画的美景之中，发展旅游业将大有可为。

通过一系列的工作，移民的观念发生了巨大变化。世界银行的专家们进行考察时，移民曾这样叙说他们心里的想法："搬迁后住房、交通、吃水比以前好多了，只是新开的土地土质很差，但这是暂时的，只要勤快，过几年就好了。"

"我们老百姓还是要多为国家着想……"

移民朴实的语言使外国专家们深受感动，他们伸出大拇指连呼"OK，OK"！

1998 年 5 月份以来，通往二滩坝区的公路和山间小路上突然热闹起来，既有白发苍苍的老人，也有系着红领巾的孩子，有的坐车，有的步行，他们来到水库边，默默地注视着缓慢上升的江水。

他们表情十分严肃，宛如一个个青铜铸成的雕像。终于，雕像上泪光莹莹，有的人放声大哭了。

祖先的荣耀，自己的辛劳，多少梦想，多少欢乐，多少悲伤，都慢慢地沉入了绿色的湖底。

永别了，深山峡谷里古老的县城。

永别了，世世代代耕耘劳作的土地。

…………

踏勘二滩水电站输电工程

　　1995 年 5 月，四川电力送变电建设公司二分公司在春光明媚、繁花似锦的成都市，接受了进军输电线路"二自 I 回"最艰苦段的任务。

　　6 月，二分公司书记杨周、经理熊泽松和项目经理詹天明等人便对现场进行了踏勘。

　　大凉山用自己特有的美丽景色，迎接着远方的客人。但是，大凉山绝不仅仅献出令人心醉的美景，它也是严酷而挑剔的。

　　踏勘 10 来天，仅仅遇见了一个晴天，其余都是雨雾迷漫的日子。即使已是成都平原春光明媚的 5 月，山上也到处残留着积雪，甚至有的地方还飘着雪花。

　　最初他们还以为自己碰巧遇到了阴雨天，但后来，当他们从西南电力设计院的资料上了解到这里一年最多只有 30 多个晴天时，都瞠目结舌了。他们明白，这里施工条件将极其艰苦。

　　不只气候恶劣，还有运输问题。立塔的地方都在深山老林里，离公路很远很远。山上没有路，有路的地方也只有一步宽，上面长了很多草，当地老乡称之为"毛狗路"。

　　他们不禁想，80 多个塔位，由于在特别严重的冰区，

多是重型塔，许多塔单是钢材便重达百吨，钢材、导线、砂石、水泥加起来重达数万吨，在悬崖绝壁上，运输就成了大问题。

而恰恰就在这时，突然又出了一场大事故：四川送变电公司下属的建设公司，在进入凉山地区建设昭觉开关站时，途经一个蜿蜒的山间小溪，大雾中汽车一拐弯，竟翻身摔进河里，车上的 5 个人全部遇难。

噩耗传到成都，公司从经理到职工一片哭声；消息传到踏勘现场，年届五旬、身经百战的熊泽松和 30 多岁的杨周全都沉默了。

6 月踏勘，7 月进场，进场后立足未稳，事故又接踵而来。第四分公司一位 50 多岁、即将退休的老工人，进山第一天搞线路复测，工作到下午时，突然山雾涌来，顿时天地混沌一片，眼辨不清方向，这位老工人迷路了，在深山里转来转去，最后竟失足跌下深谷……

而第二分公司年轻聪明的项目经理詹天明，在复查线路时也迷了路。

这天早晨，詹天明和测工、民工一起上了山，从海拔 3200 米的黄茅埂往下复测线路。站在黄茅埂的顶峰往下望去，直线距离只有两公里的河沟似乎近在眼前，施工队营地的帐篷全都看得清清楚楚。

詹天明让测工们把仪器立在山顶上，留下 3 个人进行测量，他带着另外 4 个人往山下走，一面走一面检查沿途的情况，他们的身影迅速地消失在郁郁苍苍、遮天蔽日的原始森林中。

初进原始森林时，还能找到设计人员最初开辟的道路，但走了不长一段后，便没有道路了，到处都是直插云天的大树和缠绕在一起的野草、藤蔓和竹丛。一些几人合抱的大树，或遭雷击，或年久枯死，横七竖八地倒在路上，挡在他们的前面，他们不得不吃力地绕开。

大家走着走着，前面又突然出现了悬岩绝壁，此路不通，他们不得不手脚并用地迂回前进。终于，在迂回中他们迷路了。

在他们的眼前，只是笼罩着沉沉雾霭的、浓密的森林，一层层树叶挡住了阳光，挡住了光线。由于既没有带指南针，也缺乏大森林中识别方向的经验，望着这些郁郁苍苍的树木，他们觉得自己似乎掉进了一个没有尽头的迷宫里。

最初，他们靠手里的对讲机还可以和外面的伙伴取得联系，但是，后来对讲机没电了，四周沉寂下来，更增加了他们处境的危险。外面的伙伴们焦急地四处寻找，困在大森林里的他们，更是感到一阵阵恐惧。

走着走着，饥饿袭来，身上只有一壶水和一点饼干，大家分食着这少量的食品，吃一半还得留一半，因为不知道会在这个大森林里被困到什么时候。

所有人的脸色都变得严峻了，连詹天明的圆脸上也失去了平时常有的笑容，炯炯有神的眼睛里含着焦急和不安。

终于，在他们的眼前出现了一条环形的道路，看样子，是很久以前林场使用过的。于是大家欣喜地欢呼起来，顺着这条道路走去。

走着走着，他们发现自己似乎离现场越来越远，爬到附近的山顶上往下看去，山下也并没有自己的营地，在惊骇中，他们意识到，这并不是他们要找的道路，于是又沮丧地折回。

詹天明突然被一截横亘在路上的木头扎伤了，在闪躲中，他的脚踝骨被扭伤了，痛彻心扉，他忍不住低声呻吟起来。同伴们要搀扶他，詹天明坚决地摆了摆手，有人掰了一截树枝递到他的手里，他拄着树枝，忍着钻心的疼痛继续前进，不一会儿，脚踝就肿起来了。

有人绝望地说："没有任何通讯联络，能走出这无边无际的大森林吗？"

原始森林的地下是厚厚的腐殖层，刚踏上去时软软的，似乎很好走，但慢慢地，腐殖层在下陷了，越陷越深，踏上去就像走进了沼泽地带。由于缺乏经验，他们没有穿上长筒胶靴，只穿了单薄的帆布胶鞋，胶鞋上早已糊满了腐叶和稀泥，越陷越深。一个小时只能挪动一两公里。

终于，一条小沟引起了他们的注意。大家说："俗话说'水往低处流'，顺着水沟该会走到山下吧？"于是他们脱了鞋，挽上裤腿，顺着水沟走。

下午，森林慢慢地黑暗下来，越来越浓的阴影加重了人们心中的焦急和不安。有人累得走不动了，大家坐下来休息了一会儿，喘口气又走。

谢天谢地，他们终于听见了汽车的喇叭声，原来是营地的施工车顺着公路出来寻找他们，寻找不到，只得拼命地按喇叭。顺着喇叭声走去，17时，他们才走出了大森林。

回去后，詹天明又立即组织大家上山去寻找留下的三个人，一直到傍晚，那三个测工才回来。

严酷的大自然和接二连三的事故，大大动摇了军心。于是二分公司的领导们在现场进行了紧急动员。

二分公司经理熊泽松来自农村，是工人出身的高级工程师，平时不爱讲述长篇大论，但分析问题却一针见血，十分实在。年届五旬的他不但身先士卒，总是在二自线上最艰难的地段出现，而且带头把自己的两个儿子都放在了二自线上。

在动员会上，熊泽松深沉地对大家说："二自线是我们自己请战才进来的，进都进来了难道能够退出去？我们不干推给谁干？再说，要面向市场，树立形象，我们干不下来而别人却干下来了，我们的脸面往哪儿搁？不要说对外人，就是在四川送变电公司内部也没有立足之地……人活一口气，工作困难，我们就实实在在地发扬蚂蚁啃骨头的精神，一点一点地干，干一点就少一点，总会干完的。"

书记杨周文质彬彬的，他用诗一样的语言鼓动着职工们："我们既然选择了送变电这个行业，就要下决心一辈子干下去。社会和历史选择了我们吃苦，我们责无旁贷。给别人送去光明，自己却忍受黑暗、忍受艰难，这是惠及子孙的大功大德！你们看见了吗？高山上的一座座铁塔就是我们给自己立下的一座座丰碑！干输变电几十年，就得干二自线这样漂亮的工程。你实在要走也可以，那就被我们淘汰了！说到底，二自线作为政治任务也得完成。总而言之，我们决不能在外国人面前丢中国人的脸！"

经过学习，经过讨论，集体荣誉感终于被激发了。老职工们说："既然当了泥鳅，就不怕泥糊眼，我们不干让给哪个干？"

年轻的职工们说："送电涉及千家万户，涉及国家建设事业，为了城市灯火通明，我们甘愿在深山老林中点着蜡烛贡献青春。过去我们从东到西，从南到北，去过贵州、广东、广西、陕西，也去过喀麦隆、巴基斯坦、伊拉克……今后，我们瞄准的是三峡工程……"

修建二滩水电站输电工程

1995 年，四川送变电公司第二分公司担负起了二自线最艰难地段的修建任务。

为二滩水电站配套的二滩输电工程规模宏大，是一个名副其实的"世界级工程"，它不但是三峡工程之前中国最大的输电工程，而且也是世界上少有的大规模超高压输电工程。

尤其二滩到自贡的"二自线"，需要穿越人烟稀少甚至人迹罕至的大小凉山，沿线地质情况复杂，处于地震高烈度地区，线平均海拔超过 1500 米，最高的塔位海拔 3200 米以上。

当地气候恶劣，夏季雨雾迷蒙，冬季冰天雪地，许多地区属于重冰区和超重冰区，铁塔和高压线上常常覆盖着厚厚的坚冰，薄者厚 20 毫米，厚者达 50 毫米以上，对线路的危害十分严重。

有关专家评价说："二自线建设的复杂程度和建成后的运行维护难度不仅在中国即使在世界电力史上也是罕见的。"

黄顺康、郭洪发、何国富、冯成长、张俊安，他们全都参加过二自线工程，困难的工作和艰苦的生活都在他们的身上和脸上留下了深深的烙印。他们全都患有胃病、风湿痛等多种疾病，黧黑的面庞泛着病态的青黄色，失去了健康的红晕。

当说到建设二自线的艰辛时，他们只摇头叹息着，好半天才说出一句话："干了几十年，从来没有遇见过这么困难的工程……进二自线，就得准备吃苦……只要干过二自线，啥工程都能干得了……"

一位送电工用诗一样的语言描述了他们的职业："我们疲惫的身后，将挺立起一片片的工厂，播撒一片片的希望。"

在二滩输电工程施工部分的公开招标中，几乎全国的送变电公司都参加了激烈的角逐，而条件最艰苦的"二线I回"标书在《中国电力报》上刊出后，有黑龙江、吉林、辽宁、北京、山西等16家公司参加竞标。

经过激烈的竞争，甘肃、吉林、云南、贵州、山西等公司各夺一标。其中条件最艰苦的第六标段，留给了四川送变电公司所属的5个分公司。

而主动请战的二分公司，更承担了全线中最困难、最艰险的任务。

一进场，二公司就遇到了极其严峻的交通问题。整个线路说起来只有35公里多一点，好像并不长，但是却要在群山丛林中进行施工，山峰上当时还是皑皑的白雪，峡谷被漫天的浓雾遮掩着，这35公里长的线路就变得极其艰难了。

当地老百姓有一句俗话："望到屋，走得哭。"说的就是在山里，常常能看得到、说话都听得到的地方，但一走起来却真是"可望而不可及"，要在数不清的高山峡谷间爬上爬下，左绕右绕，苦不堪言。

而且，即使在公路上也经常发生塌方和泥石流。熊泽松等人进行现场踏勘时，便发现了 10 多处塌方和泥石流留下的毁灭性的遗迹。

何况线路上还有 8 公里多的原始森林，从来没有道路，要从公路进入施工现场必须先开出一条通道。

他们开通道时，没有任何现代化的工具，用的只是原始的砍刀，砍走茅草和藤蔓，砍去灌木和杂树。但是原始森林里有的参天大树直径竟达 3 米左右，面对巨人一般的大树，砍刀根本无能为力，一刀砍去连树枝和叶片都不见晃动，四五个人满头大汗地砍了三四天，仍然无可奈何。

他们又换上伐木工人用的油锯，但油锯仍然只能锯倒直径一米多的大树。无奈之下，大家最后只得在树上挖出一个小洞，然后再用炸药炸出一个大洞，清理一下后变成特殊的"树洞通道"。

原始森林中有着厚厚的腐殖层，甚至深及膝盖，砍去藤蔓和树木仍然无法通行，于是大家又想了一个办法，利用砍倒的树木铺出栈道，半个月后，栈道又被踩得陷进腐殖层了，之后就再铺一层。职工们称之为"棒棒路"。

就这样，他们修建了 50 多公里施工道路。

修出通道后，职工们用"蚂蚁啃骨头"的方法，忍受着剧烈的高山反应，大家头疼得像裂开了一样，身体摇摇晃晃，一点力气也没有，但是仍然把几万吨重施工器材、砂石、水泥，甚至施工用水、蔬菜粮食，用肩扛背驮的办法，一点一点地弄到了施工现场。

大雪过后，狭窄的山路上一片泥泞，悬岩陡壁，垂直距离最高处达1000多米。沿途常常发现被丢弃的重型塔材，原来，一向以"最能吃苦"而饮誉全国的四川民工也无法坚持下去，往往干了一两天便溜走了，以致一连换了七八批民工。连专门从云南请来运料的马帮，在摔死几匹马之后也知难而退了。

在运输器材和物资中，彝族同胞立了大功。彝族同胞长期生活在当地恶劣的气候和地形条件中，几乎没有什么高山反应，一根根钢材、一筐筐水泥都被他们一步一个脚印地背上了高山。

连许多年轻漂亮的彝族姑娘们，也加入了运输的行列。许多人的肩头都肿了起来，甚至还磨出了血印。

不仅如此，在长河一带施工4个塔位时，二公司又遇到了新的难题。

立塔的时候正值雨季，匆匆打开的施工通道即使空手行走，也会常常摔跟头，一小时也只能前进两三里。

再加上到处塌方，随时下雨。一下起雨来，四处一片迷茫，10米之外就什么也看不清楚，使运输更为艰难。一批焊接件，每件重500多公斤，二公司请10个民工抬上山，还郑重其事地签了合同。

但是一天下来，只艰难地挪动了几十米。晚上趁天黑，10个民工宁肯不要钱，全部跑得干干净净。之后换了几批人，跑了几批人。

二公司想多加一些人抬，但是便道狭窄，容不下更多的人。

眼看工程受阻，项目经理詹天明和职工想出了索道运输的办法。利用大树安装滑轮，根据地形特点，采取了多支点架设的方式，架设临时索道1300多米，才解决了这个难题。

四川省超高压输变电工程管理局局长、高级工程师方文弟曾说："'二自Ⅰ回'线的气候条件国内没有先例，国际也十分罕见，纬度虽低但海拔高，太平洋气候与大西洋气候在横断山脉交汇，四川省西昌地区干热，成渝地区湿热，大小凉山却是高寒山区，气温可低至零下20度。"

第二分公司施工的30多公里线路中，约3公里在覆冰达50毫米以上的特重冰区，10余公里在覆冰达30毫米的重冰区。一年中，一般9月下旬便开始下头场雪，冰雪覆盖、寒风怒号的日子一直持续到来年4月，甚至5月还在下雪。12月到来年2月大雪封山、千里覆冰，一切施工活动都被迫停止。

为了保证1998年二滩电站顺利发电，并且把强大的电流输送到四川和重庆各地，第二分公司除了大雪封山的 3 个月内不得不暂停施工外，其他时间都在抢工。

但是，冰雪过去又是雨雾。6 月到 9 月几乎天天下雨，即使不下雨，也是云雾翻涌，远山近树全都看不清楚，行走在山路上，没多久，浑身衣服便被浸湿。

从 1995 年 7 月进场到 1997 年 12 月全线完成才撤出的老师傅黄顺康由于长期在二自线上工作，他的脸上没有搞野外工作那种健康的黑红色，倒是黑色中透着菜色和憔悴，像生了锈的铜像。

黄顺康说："我们 7 月进现场，海拔 3200 多米。好些人不适应，发生高山反应，流鼻血、头痛、没有力气……有的人甚至全身乌青。海拔高，饭煮不熟，只得顿顿吃夹生饭。9 月，山里就开始下雪，穿着棉衣，大风一吹，好像吹进了骨头里，冷得发抖。不下雪的日子便是成天雨雾，雨夹着风，穿着雨衣也全身湿透。"

当时，大家早晨 5 点多钟就起床。路非常难走，几里路要走两个多小时。还要打着手电上山，走到山顶天也亮了，就开始干活。这一干一直干到天完全黑了才收工。从工地回到住宿点，又是两个多小时，等到吃完晚饭，也就到了半夜十一二点，天天都是如此。

大家在天喜口干活的时候，一个月没见过太阳。

天喜口西边是川西高原气候，经常阳光明媚、蓝天白云、温暖干燥。晴天时站在山顶上，远近的田地、森林像一幅巨型油画摆在眼底，放眼望去，据说可以看到西昌城。

而东边呢，却是四川盆地特有的天气，经常细雨绵绵、雾气沉沉，神秘得像沉重的梦境。

这两股气流在天喜口上经常你来我往地互相袭击，弄得山顶上时而艳阳当空，时而风雨交作，甚至还夹着冰雹。云雾更在空中不断翻滚、疾驰，构成全国甚至世界罕见的奇景。于是大家都把天喜口叫阴阳界。

黄顺康说："我们在天喜口工作时，正碰上雨季，天天下雨，河里也涨了水，由于气温低，河水冰冷冰冷的。我们冒着雨坚持施工，上下班都要从河里趟过去。水一直淹到大腿根，冻得人浑身发抖。到工地后便赶快点起一堆篝火烤烤衣服。河水很急，只得四五个人拉在一起。就是这样，有天晚上天太黑，啥也看不见，有人差点儿被水冲走……干得太晚，实在下不来了，便6个人挤在一个小帐篷里，只有一床铺盖，你想能盖得到哪一个？"

在烂坝子突击时，为了节省时间，大家晚上都睡在工地上。10个大男人睡了3张小床，有的人差点掉在地上。

有时，大家在帐篷里打通铺，十几个人挤在一顶小小的单帐篷里。大家睡得很挤，半夜起来解个手就再也挤不下去，大家常说，睡觉就和打楔子一样。

海拔3200多米的黄茅埂，又冷又潮。成天穿着雨衣雨靴，一直到上床睡觉钻进铺盖窝里的时候才能把雨靴脱掉。

只两三个月，一件新棉衣就沤烂了。床下是湿的，能踩出水来，床上也是湿漉漉的，床板上长出了菌子，一睡觉湿气全吸在身上了。起了床根本不敢叠铺盖，不叠让它摊开还湿得少一点，一叠上湿得更重，晚上根本不能睡。

黄顺康说："我天天都要吃感冒药，不吃就上不了班。每个人都害了风湿病，腰痛、腿痛，还有胃病。一天到晚捂在雨衣雨靴里，不只难受，害皮肤病的也特别多，冻疮脓疱是家常便饭……由于大家不认识树种，有一次烧火时点燃了漆树，好些人脸上、身上都长了痱子，肿得眼睛都睁不开，又痒又痛。"

在阿河沟施工的时候，住地到施工点要走两个多小时，9 月份正是雨季，山路简直滑得没法走，穿钉子鞋都不行。早晨晚上都翻了一山又一山，天天半夜一身湿透地回到队部。

后来大家想想这样实在不行，正好施工现场旁边有一家彝族同胞，大家一商量，干脆住彝族同胞家里。

彝族同胞答应了。这家人很穷，夫妻两个还有一个男孩一个女孩，根本没有床。房子是干打垒的泥土房，上面盖着瓦块，白天房里也是黑乎乎的，晚上也没有电灯。

黄顺康他们 5 个人挤在一米高的竹楼上，合盖一床被。

当时，大家早晨吃的是洋芋加白菜汤。他们围在铁锅周围，没有碗，女主人用一只木瓢舀起洋芋和白菜，递给大家，大家就着木瓢轮流吃。中午也是揣两个洋芋在身上。有时，找人从队部弄点米带上来，盐水泡大米饭，就算是改善生活了。

架设二滩水电站输电线路

　　1997 年下半年，为了保证在大雪封山的隆冬季节之前完成二自线上的工程，第二分公司所有的骨干几乎全都参加了突击。

　　要输电首先要立铁塔，几十吨上百吨的铁塔一般都立在高山顶上，终年受着风雨的侵袭，不是立一年两年，而是几十年、上百年，必须有牢固的基础支撑。

　　1995 年 7 月，第二分公司正式进入现场，进行了必要的准备工作后，9 月份破土动工，浇基础的时间正是雨季，经常塌方。

　　黄茅埂上岩石破碎，塌方更加严重，往往一挖就垮。有一天，技术员杨忠友和工人们刚从挖好的基坑里爬上来，一面烤火一面商量怎样浇筑混凝土，忽然在浓密的雨雾中看见有人拄着拐杖爬上山来，走近一看，原来是经理熊泽松来检查工作了。

　　熊泽松沿着基坑转了一圈，对大家说："这里岩石松动，随时可能塌方，千万小心……"

　　熊泽松话还没有说完，"轰"的一声，便坍下去两吨多石头泥土。大家脸都吓白了。幸好当时他们已经爬出了基坑，才避开了这次可怕的恶性事故。

　　等到把塌下的泥土重新掏出来，已经是 18 时了。在风雨中，山顶寒气逼人。中午，大家只在山顶上支着篝火煮了一锅面糊糊，那时全都又冷又饿。

民工们纷纷要求收工下山，第二天再浇混凝土，但技术员杨忠友却坚决不同意。当时他考虑的是，如果不连夜浇筑混凝土，一整夜不知道又会出现什么预料不到的情况，明天说不定又要返工，再一次延误工期，于是决定浇完混凝土再下班。

雨雾蒙蒙，山风呼啸，没有星光、没有月亮的夜晚十分黑暗，工地又没有电灯，于是，大家把汽油和机油混合倒在酒瓶内，点上纸，当作火把。从 19 时一直干到第二天零时，终于浇筑了 13 方混凝土。为了保证质量，混凝土中没有留下施工缝。

9 月中旬，在安装黄茅埂最高处的铁塔时，山顶上的温度已经很低，而且刮着大风。陡地云雾四起，顷刻之间下起了瓢泼大雨。雨雾中，5 米之外便看不清任何东西。

人们连忙跑到帐篷里躲雨，但是在几十米高的铁塔上，却有两个正在操作的工人没有来得及下来，他们被困在了高高的铁塔上。

雨越下越大了，山洪夹着雨声和风声，天地间混沌一片，巨大的响声让人心惊胆战。这两个工人是 11 时上的塔，连午饭还没有吃。

在云雾飘散的一瞬间，人们隐隐约约地看见两个细小的身影在高空中紧紧地抱着导线，随着风雨不断地摇摆，大家的心都揪紧了，在狂风骤雨中，导线和钢架都是滑溜溜的，冻僵了的手万一抓得不牢，就会发生生命危险。

直到 16 时，风雨终于停了，这两位工人才下得塔来。他们浑身湿透，嘴唇冻得青紫。大家早已为他们点燃了篝火，他们一面烤着衣服，一面大口大口地吃着洋芋蘸豆瓣酱。

但是，大家都没有一句牢骚，没有一句怨言，因为这种情况在他们的生活里，实在已经出现得太多太多了。

此外，山上还有毒蚊、毒蛇和旱蚂蟥。蚂蟥本是生活在水中的，但二自线上的蚂蟥却生长在山林里，而且它们对人血有着特别的嗜好。

旱蚂蟥藏在草丛中、树干上，平时看来一点也不起眼，暗黄色或墨绿色，不到 3 厘米长。但只要人们一走过，它就会立即紧紧地依附在人身上，而且迅速地钻进人们的衣裤里，伸出吸盘，贪婪地吸血，一面吸身体一面迅速地膨大，一直胀到 10 多厘米长，手拇指一样粗细，全身通红，软软的，十分丑陋而令人毛骨悚然。直到它吸饱了，再也无法膨胀了，才从人们身上收回吸盘，自动掉下来。

刚被蚂蟥吸附时，人们往往没有什么感觉，等感觉发麻或发痒时，蚂蟥已经吸足了人血，准备离开了。

发现身上附上了蚂蟥还不能用手拉，因为在没有吸够人血时，凶残的蚂蟥即使被拉断了身躯，它的吸盘也不会脱下。有经验的人都知道，只能用火烧、用烟油涂或使劲拍打自己的皮肤才能使它收回吸盘。

由于吸盘上有毒，还有一种特殊的现象，蚂蟥吸过的地方，伤口不会迅速止血。职工们说："一般是它吸了多少血还得再流出同样多的血才能止住。"

二自线上所有的职工没有逃得过蚂蟥叮咬的。有的人下班后脱下衣服，浑身都是血疱。有的人晚上睡着了，脸上叮着蚂蟥。还有人雨靴放到地上，伸脚一穿，突然发出很大的响声，脱下一看，满脚都是血，原来几只蚂蟥藏在里面。

立了铁塔后便要架线，输电工程上称之为放线，这是 50 万伏超高压输电线路施工的关键环节。

按规定，在雨雾天是禁止高空作业的，但二自线上许多地方一年的雨雾天竟在 300 天以上，有的地方长达 328 天，为了按期发电只得雨雾天也冒险施工。

山风呼啸，吹得人几乎立足不稳，雨水使浑身湿透，常常遮住了视线，在这种情景下还要站在几十米高、宽窄只有两三厘米的导线或角钢上，忍着浸透全身的寒冷进行高空作业。仰头一望是无垠的、阴沉的天空；俯首一看，是使人头晕目眩的悬崖。

大风中，工人们在导线上常常只有一点一点地向前挪动。阴阳界有一段坡度接近 45 度的线路，冰雪覆盖，又溜又滑，一位姓林的年轻工人差点从导线上栽下去。

后来，大家想了许多土办法，土洋结合，才完成了架线任务。最后一根导线竟是打着手电筒安装上去的。

这种高难度的施工，在国外必须用直升机或热气球才能完成，而中国工人却只有自己的血肉之躯。当遇到山与山之间的大跨越时，他们背上几十斤重的牵引绳，腰上系根保险绳，便从悬岩顶上飞到谷底，然后在谷底把牵引绳连接起来升空。

1997年9月，架线几乎全部在风雨中进行，职工们常常半身泡在冰冷的河水里坚持施工。有一段线路要跨越20多米宽的河面，沿岸长着藤蔓和杂树，河里有许多尖棱的大石，牵引绳常常被树枝和乱石挂住。

有一次，一根小牵引绳被乱石网住了，扯也扯不动，闪也闪不开，必须下河处理。

民工黄泽通脱了衣服下河去了。

牵引绳被捞了上来，但黄泽通挣扎上岸后竟"扑通"一声晕倒在地，气息微弱，浑身冰凉，脸白得像纸一样，他已经被冻僵了。

大家急忙把黄泽通抬进帐篷里，用几条被盖严严地捂上，一个多小时后，他的呼吸才慢慢正常，僵硬的身躯才慢慢变得柔软。事后黄泽通说："我算在鬼门关走了一回！"

1997年11月，为了争取在大雪封山前完成二自线，他们仍然坚持施工。早晨导线上已经结了冰，一碰就咔咔地响。

一天比一天冷，山上山下都是雪和冰。树上、岩石上全是一条条亮晶晶的冰挂，看起来是挺好看，只是天气冷得出奇。

大家一爬上铁塔，冰水雪水就顺着手往袖子里灌，不一会儿手就冻僵了，只好用肘部抱着钢架往上爬。衣服湿透了，就爬到塔基下烤烤火，然后接着再干。

大家就是凭着这样的精神，将二滩的输电工程顺利地完成了。

银线飞流，铁塔矗立。在四川的崇山峻岭中出现了一座座铁塔，优美而有力的线条映着蓝天，宛如一个个钢铁巨人展开双臂拥抱着天空，拥抱着太阳，银色的高压线带着强大的电流闪闪发光……这就是二滩电站的高压输电工程，它会将这里丰富的电力源源不断地输送到全国各地，支援国家的建设。

本书主要参考资料

《中国大决策纪实》黄也平主编 光明日报出版社

《雅砻江的太阳》李林樱著 天地出版社

《二滩水电站工程总结》本书编委会编著 中国水利
水电出版社

《西南明珠：二滩水电站》二滩水电开发有限公司编
著 北京电子出版物出版中心